김보희

19년 차 출판 편집자. 에세이·예술·실용·취미예술·
경제경영 등 주로 논픽션 분야의 책을 만들었다. 책 만드는
과정 중 가능성을 발견하는 순간, 함께 만들어 간다고 느끼는
순간 일의 기쁨을 가장 크게 느낀다. 그러다 보니 지난 7년간
기획하거나 만든 책 중 국내기획서가 96퍼센트, 그중 누군가의
첫 책 혹은 다음 책까지 함께 만든 경우가 66퍼센트였다.
도서출판 길벗, 마음산책, 웅진씽크빅 단행본 본부 등을 거쳐
휴머니스트 출판그룹에서 '자기만의 방'이라는 시리즈 브랜드를
론칭하고 6년간 책을 만들었다. 현재는 책 때문에 거북목이 된
사람들을 위한 브랜드 '터틀넥프레스'의 대표이자 편집자로
일하며 서울출판예비학교, 한겨레교육 등에서 편집자를 위한
강의를 하고 있다.

첫 책 만드는 법

가능성을 현실로 바꾸는
기쁨을 위하여

김보희 지음

유유

읽을 책을 추천해 달라는 질문을 받는다면 나는 그의 이름부터 말하겠다. 판권면에 적힌 어떤 편집자의 이름은 그 자체로 믿을 만한 독서 큐레이션이 되기에. 김보희만큼 책과 저자를, 무엇보다 책 만드는 일을 사랑하는 사람도 드물다. 내가 아는 한 그는 출판계 최고의⋯⋯! 리트리버. 책을 쓰고 싶은 사람에게도, 만들고 싶은 사람에게도 한달음에 달려간다. 사랑하지 않는 법을 모른다는 몸짓으로. 이 책에서 가장 먼저 배워야 하는 게 있다면 바로 이 사랑일 것이다.

김신지(『기록하기로 했습니다』 작가)

나는 보희 님이 창업한 출판사 '터틀넥프레스'의 첫 저자다. "어떻게 신생 출판사의 첫 책을 쓸 결심을 하셨어요?"라는 질문을 받을 때면 "터틀넥프레스의 첫 책을 쓰기로 한 게 아니라 김보희 편집자와 책을 내기로 한 거예요"라고 대답한다. 실제로 보희 님과 작업을 한다는 것이 그가 어느 출판사에 소속돼 있는지보다 중요했다. 솔직히 말하면, 신생 출판사의 첫 책이라는 사실이 별로 의식되지 않아서 아주 나중에 책이 나오고 나서야 깨달았을 정도다.

소박한 호감으로 시작한 인연이 일을 하는 동안 이런 신뢰로 바뀌었다. 그는 책을 쓰는 내내 '함께 쓴다'는 느낌을 받게 해 준 편집자다. 빈 모니터 앞에 앉아 쓰지 않은 글과 독대해야 하는 시간에 외롭지 않기란 어려운데, 그는 늘 맞춤한 때에 나타나 나를 독려하고 격려했다. 어쩜 그리 적절한 타이밍에 등장할 수 있었을까 궁금했는데 책을 읽으며 알았다. 내가 그에게 간파당하고 있었다는 걸. 저자의 두려움과 기대, 부끄러움과 욕망, 쓰고 싶은 마음과 쓸 수 없는 마음을 이리도 속속들이 알고 있었다니, 새삼 그와 나눈 대화들을 돌아보게 된다. '나 뭐 까뷘 거 없나?'

몇 권의 책을 쓰면서 편집자라는 직업이 라디오 PD와 비슷한 면모가 있다는 생각을 했다. 그래서 보희 님과 작업하며 내가 일할 때 어떤 태도여야 하는지에 대해서도 많이 배웠다. 어때야 하느냐 하면…… 이 책을 보면 안다.

장수연(『기획하는 일, 만드는 일』 작가)

이 책은 표면적으로는 첫 책을 내고 싶은 예비 작가와 미발굴된 원석을 찾고 싶은 편집자를 위한 실용서다. 하지만 내게는 자꾸만 관계 맺기에 대한 책으로 읽힌다. 책의 양편에 서서 뜨개바늘을 하나씩 나뉘어 쥔 작가와 편집자. 둘의 상호작용은 고유한 흔적을 남기고, 때론 아름다운 무늬가 된다. 한 땀 한 땀 신뢰의 모양을 그려 가는 19년 차 편집자의 노력과 애정을 엿볼 수 있는 책이다.

최혜진(『우리 각자의 미술관』 작가)

『무리하지 않는 선에서』의 원고를 교정할 때의 일입니다. 편집자가 검토한 원고에 매번 밑줄과 물음표가 얼마나 많이 달려서 돌아오는지, 고쳐도 고쳐도 끝이 없었습니다. 속으로 '어우, 뭐가 이렇게 빡빡해!!' 하고 이를 갈았지요. 그때의 편집자가 바로 김보희 씨였습니다. 그리고 『무리하지 않는 선에서』 이전의 한수희와 이후의 한수희는 조금 다른 사람이 되었습니다. 스스로도 놀랄 정도로 글쓰기가 나아졌지요. 자, 그렇다면 한수희를 새 사람 만들어 준 김보희 편집자의 비결은 과연 무엇일지, 한번 읽어 보시겠습니까?

한수희(『무리하지 않는 선에서』 작가)

가능성이라는 가설을 현실로 만들어 가는 작업

우선 제목에서부터 이야기를 시작해야 할 것 같아요. '첫 책 만드는 법'이라는 말은 어딘가 낯설고 어색합니다. '첫 책 내는 법'을 달리 표현한 건가 싶기도 하고. 독립출판 창작자가 자신의 첫 책을 만드는 법 같기도 하고. 편집자라면 첫 책 만드는 법이 따로 있나? 의문이 들기도 할 거예요.

이 책은 편집자가 출판 세상에 소개된 적 없는 콘텐츠나 예비 작가를 발견하고, 출판을 결정하고, 작가의 집필 과정을 거쳐 책을 만들고 출간하기까지를 다루고 있어요. 이때 '첫 책'이라고 하면 '누군가의 첫 책'이라고 자연스럽게 떠올리게 되는데요, '첫 책'이라는 단어가

내포하고 있는 좀 더 큰 의미에 주목해 주셨으면 해요. 바로 '가능성'입니다.

누군가의 첫 책이든 아흔아홉 번째 책이든 만드는 방법은 같습니다. 하지만 첫 책을 출간하려면 반드시 거쳐야 할 과정이 있어요. 첫 번째 과정은 편집자가 서점을 넘어 더 넓은 세상에서 콘텐츠와 예비 작가를 찾아 헤매는 것이고, 다음 과정은 그렇게 발견한 사람 혹은 콘텐츠의 가능성을 알아보고 출판을 결심하는 것입니다. 물론 이 또한 첫 책뿐 아니라 책을 만들 때 통상 거치는 과정이에요. 다만 출판 시장에서 소위 '검증되지 않은' 예비 작가의 가능성만 보고 책으로서 가치가 있겠다, 이 책을 만들어야겠다, 판단하고 결심한 후 출간까지 해 나가는 건 생각보다 쉽지 않은 일입니다. 이 관점으로 '첫 책 만드는 법'을 번역하자면 "가능성이라는 가설을 현실로 만들어 가는 법"이라고 할 수 있겠어요.

기획에서부터 출간까지 책 만드는 방법은 같다고 하더라도 '첫 책'이기 때문에 특히 세심하게 챙겨야 할 구간들이 있습니다. ① 앞서 말씀드린 가능성을 찾는 과정, ② 출간을 판단하고 결심하는 과정 그리고 ③ 모든 게 처음인 작가와 협업해 집필하는 과정이에요. 이 책은 특히 그 세 구간에 초점을 맞추어 저의 경험을 정리했습니다.

그런데 말이죠. 아주 근본적인 의문이 듭니다. 이렇게까지 누군가의 첫 책을 만들어야 하는가? 하고요. 어떤 책이든 만드는 과정이 쉽지 않지만, 첫 책 작가와의 작업은 기획부터 회사 내부 동료들을 설득하는 일, 집필 과정과 출간까지 편집자의 손이 더 많이 닿을 수밖에 없어요. 그럼에도 첫 책 만드는 법을 책 한 권에 꽉꽉 채워 담은 이유는, 가능성을 발견하고 그걸 현실로 만들어 가는 이 과정이 우리의 가능성도 넓혀 주기 때문입니다.

좋은 콘텐츠를 발견했을 때, 반짝이는 예비 작가를 찾았을 때, '검증되지 않았으니까'라든가 '첫 책은 아무래도 좀⋯⋯'이라며 가능성을 차단한 채 뒤돌아서지 않기를 바랍니다. 평소 인풋을 하거나 새로운 기획을 하는 과정에서 세계를 더 넓게 바라볼 수 있기를 바랍니다. 0에서 시작해 한 권의 책이 되기까지 한 걸음씩 함께 걷는, 함께 성장하는 기쁨과 보람도 누렸으면 하고요. 가능성에 투자하라거나 저자 발굴의 사명감을 가져야 한다, 꼭 그런 이유 때문이 아니에요. 그저 책 만드는 일이 좀 더 즐거웠으면 좋겠습니다. 다양한 가능성을 만나며 나 자신의 가능성도 발견하고, 또 그 범위를 넓혀 가기도 하면서요. 제가 딱 그랬거든요.

어쩌다 보니 누군가의 첫 책을 많이 만든 편집자가 되었습니다. 특별한 목표나 남다른 사명감이 있었던 건 아니에요. 신생 출판사나 신규 브랜드에서 책을 만들 일이 많았다 보니 기획의 관점을 명확하게 잡을 수밖에 없었고, 그 방식으로 오랜 시간 책을 만들었더니 자연스럽게 다다른 결과였습니다. 그렇게 오래 할 수 있었던 건, 아마도 그 과정을 좋아했기 때문이겠지요. 가능성을 현실로 만드는 과정은 분명 쉽지 않습니다. 많은 우여곡절이 있을 수밖에 없어요. 하지만 분명 새로운 기쁨이 있습니다. 보람도 크고요.

편집자 동료들에게서 "어떻게 하면 이 일을 오래 할 수 있을까요?"라는 질문을 받고는 합니다. 저의 답은 "일하는 과정에서 다양한 기쁨을 자주 수집해 보세요."였어요. 판매량이나 평가 같은 결과에만 기쁨의 기준이 집중되어 있으면, 일하며 즐겁지 않은 날이 더 많아지더라고요. 그러면 책 만드는 게 재미없고, 일하기 싫어지기도 하고요. ('일'이라는 건 원래도 하기 싫은 속성의 것인데 말이죠.) 새로운 콘텐츠와 예비 작가를 찾는 일, 함께 책을 만들어 가는 일, 이를 통해 나의 가능성을 넓혀가는 일이 책 만드는 일상에 기쁨과 보람을 더해 주었으면 합니다.

『첫 책 만드는 법』은 누군가의 가능성을 발견하고, 나의 가능성을 발견하고 싶은 편집자를 위한 책입니다. 19년 차 편집자의 경험과 지식을 담은 레퍼런스북이기도 합니다. 또 언젠가 '첫 책'을 내고 싶은 예비 작가를 위한 책이기도 합니다. 출판사는 어떻게 예비 작가를 찾는지, 어떤 과정을 거쳐 책이 출간되는지 편집자의 관점으로 볼 수 있을 거예요. 11장에는 투고하는 예비 작가님들께 드리고 싶은 이야기도 담았으니 참고해 주세요.

얼마 전 한 작가님으로부터 메시지를 받았습니다. 첫 책과 두 번째 책을 함께한 그 작가님은 평범한 직장인이었습니다. 그분은 책을 계기로 새로운 기회가 많이 생겼다고 했어요. 그리고 그 기회들 덕에 회사를 그만두고 자기만의 일, 좋아하는 일을 하며 살 수 있게 되었다며 감사를 전해 왔어요. 그리고 이런 말을 덧붙였습니다.

"책 만드는 직업은 사람의 인생을 멋지게 하는 일이네요. 편집자님, 앞으로도 멋진 일 오래오래 하시기를요."

이렇게 멋진 일, 오래오래 함께해요 우리.

들어가는 말

— 가능성이라는 가설을 현실로 만들어 가는 작업 ··· 13

{ 1 }
그 작가 어디서 찾으셨어요?
기획을 위한 나만의 그물 만들기

사실 '첫 책' 작가를 발굴하는 특별한 비법 같은 건 없습니다. 첫 책이든 아니든 작가를 찾고 기획하기 위해 하는 일은 별다르지 않아요. 여러분은 예비 작가와 기획거리를 어디서 찾나요? SNS·블로그·브런치·유튜브·팟캐스트·신문·잡지·뉴스레터·콘텐츠 플랫폼·온라인의 각종 연재물·단행본·독립출판물·강의 플랫폼·워크숍·투고·지인이나 함께 작업한 작가의 추천 등 대부분 그 경로는 비슷할 거예요. 기획 잘하는 동료 편집자에게도 묻곤 하는데, 분야를 막론하고 답은 같았습니다. 그렇다면 의문이 들지 않나요? 다들 비슷한 걸 보고 있는데 왜 내 눈에는 그 작가·그 콘텐츠가 보이지 않았을까요? 이런 생각이 반복되면 결국 나는 기획 감각이 없다며 좌절하기도 하잖아요. 그런데 기획 감각 때문이 아니라면, 믿어 주시겠어요?

저보다 훨씬 믿을 만한 분의 말씀을 빌려 오려고 해요. 박완서 선생님입니다. 소설의 영감을 어떻게 얻느냐는 질문에 선생님은 이렇게 말씀하세요.

그러니까 내게 있어 영감이란 하늘에서 뚝 떨어지는 것이 아니라 항상 제 나름의 그물을 치고 있는데, 거기에 걸려드는 부분이 경험과 만날 때 어떤 영감을 부여한다고 할까요.●

그물. 이 그물이 없다면 어떤 인풋이 있더라도, 설령 그 양이 어마어마하더라도 아무것도 남지 않고 스르르 빠져나가 버리겠지요. 기획두 마찬가지예요. 기획 감각이나 기획 거리를 어디에서 찾을지보다 중요한 건 '나름의 그물'입니다. 이걸 '기획의 그물'이라고 불러 보자고요.

'기획의 그물'은 일종의 '관점'이라고 할 수 있어요. 예를 들어 이런 거예요. 스마트워치를 갖고 싶다는 강렬한 물욕이 생겼다고 쳐 볼게요. (얼마 전 제 상황입니

● 박완서, 『박완서의 말』(마음산책, 2018)

다.) 그날부터 세상은 스마트워치를 손목에 두른 사람과 아닌 사람으로 나뉩니다. 일부러 보려고 하지 않아도 소매 사이로 스마트워치가 클로즈업되어 보이기 시작하고요. 심지어 스트랩 형태까지 눈에 띕니다. 흘깃흘깃 관찰한 후 소재와 색깔을 파악해 어디에서 파는지 검색하기도 해요. 이 모든 일이 스마트워치라는 관점으로 세상을 바라봐서 일어난 거예요. 그 관점이 없을 때 스마트워치는 제게 아무런 의미가 없었어요. 관심 밖의 물건이었고 눈에 띄지도 않았죠. 그러나 관점이 생긴 순간, 세상은 다르게 보이기 시작합니다.

수많은 콘텐츠를 보더라도 관점이 없으면 소용없습니다. 그저 스쳐 갈 뿐이죠. 하지만 기획의 그물을 쳐 두면 같은 인풋이 있더라도 아웃풋이 달라집니다. 그물에 걸려든 소재들이 내 경험과 만나면 거기서부터 기획이 시작되는 거죠. 이 그물은 자신이 직접 짜야 합니다. 무엇이 그물의 씨줄과 날줄이 될지는 사람마다 다를 거예요. 제 그물을 예로 말씀 드릴게요. 각자 나는 어떤 그물을 만들지 생각하면서 읽어 봐 주세요.

그물의 씨줄, '관심 키워드'

관심 키워드는 말 그대로 관심을 가지고 있는 것들을 뜻합니다. 나의 관심은 물론이고 회사나 우리 팀의 관심도 포함돼요. 뒤에서 다룰 '나의 고객'이 관심 가질 만한 것 혹은 트렌드도 해당합니다. 예를 들어 인간관계·커뮤니티 비즈니스·제로 웨이스트·노화·글쓰기·밀레니얼 부모의 육아·영어 공부 등 무엇이든 가능해요. 만일 딱 하나의 줄로 그물로 짠다면 '관심 키워드'를 추천하고 싶을 만큼, 이것은 기획자에게 기본 중에 기본인 관점입니다.

현재 내가 관심 있는 키워드는 무엇인가요? 또는 우리 조직이 관심 있는 키워드는요? 그냥 읽고 넘어가지 말고 여러분도 지금 당장 찾아보세요. 어때요. 떠올랐나요? 관심 키워드를 찾았다면 일단은 성공입니다. 하지만 이게 곧바로 내 관점으로 착 자리 잡지는 못하더라고요. 그래서 저는 한 가지 과정을 더 거칩니다. 한번 따라해 보세요.

머릿속에 작은 메모지 한 장을 떠올립니다. 포스트잇·떡메모지 같은 것도 좋아요. 거기에 방금 찾은 관심 키워드 하나를 적습니다. 잊지 마세요. 우리는 지금 상상하고 있는 거예요.

이제는 머릿속에 서랍장을 하나 들여놓을 건데요. 어떤 디자인이든 상관없어요. 다만 되도록 서랍이 많은 걸로 떠올려 주세요. 서랍 크기는 메모지를 넣어 둘 만한 것이면 충분합니다. 제 머릿속에는 한의원에 있는 약재 서랍장과 비슷한 것을 두었어요. 짙은 나무색이고요. 서랍 크기는 큰 것도 작은 것도 있고, 동그란 고리 손잡이가 달려 있어요. 이렇게 각자 원하는 대로 마음껏 상상해도 좋아요.

키워드를 적은 메모지 그리고 서랍장까지 준비했다면 다 왔습니다. 이제부터 제가 말하는 대로 머릿속에 이미지를 떠올려 보세요. 서랍장의 서랍 하나를 스르륵 엽니다. 그리고 거기에 키워드를 적은 메모지를 넣고 다시 서랍을 스르륵 밀어 넣습니다. 이걸로 끝! 이에요.

이게 기획을 위해 하는 일이라니. 의심 가득한 눈으로 미간을 찡그리고 있는 분들 계시죠? 네, 충분히 그럴 수 있어요. 그런데요. 이렇게 머릿속 서랍장에 키워드를 적은 메모지를 넣어 두면 내 뇌의 어딘가에 각인됩니다. 그러면 길을 걷다가도, 누군가와 대화하다가도, 뉴스나 드라마를 보다가도, 그러니까 본격적으로 기획 아이템을 찾아 나서는 때가 아니더라도 관심 키워드와 닿는 영감이나 재료를 캐치할 수 있어요. 나를 통과하는 모든 인풋 사이에서 관심 키워드와 닿을 만한 것이 지나가는 순간, 나도 모르게 그걸 캐치! 바로 낚아채는 거지요.

키워드를 실제 노트나 메모지에 쓰는 방법도 시도해 봤는데요, 쓰고는 까먹기 일쑤고 어딘가에 써 뒀다는 사실조차 잊어버리더라고요. 그런데 머릿속 서랍장에 키워드를 넣어 두면 언제 어디서든 꺼내 볼 수 있어 실용적이고, 마음에 쏙 드는 노트나 메모지를 찾느라 고생할 필요도 없고(우리는 이런 것에 진심이잖아요), 종일 들고 다니지 않아도 되니 아주 편리합니다.

비슷한 방법으로 창작을 하는 작가도 있습니다. 무라카미 하루키입니다. 『직업으로서의 소설가』에서 하루키는 자신의 머릿속에는 '뇌 내 캐비닛'이라고 부르는 거대한 캐비닛이 있다고 말합니다. 거기에 소설을 창작할 때 쓸 재료를 잔뜩 모아 뒀대요. 캐비닛 정리는 이렇게 한다고 해요. 평소 재료가 될 만한 무언가가 나타나면 일단 구체적인 몇 가지 사항을 추출해서 기억하기 쉽게 만듭니다. 통째로 기억하기는 어려워서요. 그러곤 날짜·장소·상황을 적은 라벨을 붙인 후, 서랍에 넣어 보관한대요. 이걸 최소한의 정보처리 과정이라고 하더라고요. 이렇게 처리해 두면 소설을 쓸 때 머릿속에 저절로 캐비닛 서랍 이미지가 떠올라서 거기서 무의식적으로 재료를 착착 찾아 꺼내 쓴다고 해요. 신기하게도 서랍에 담긴 재료가 기억이 난다고 합니다.

제가 '머릿속 서랍장'을 이야기할 때면 많이들 물어봤어요. "그렇게 한다고 기억이 나요? 까먹을 것 같은데요"라고요. 하루키 씨가 대신 답해 주더라고요. 잊어버릴 거였으면 당신에게 중요한 게 아니었다고요. 정말로 중요한 건 한 번 머릿속에 들어가면 쉽게 잊히지 않는다면서요. 맞아요. 중요한 것은 잊고 싶어도 잊히지 않잖아요. 메모지에 관심 키워드를 쓰고 서랍에 넣는 과정을 최대한 구체적으로 생생하게 머릿속에 그려 보세요. 뇌에 꾹꾹 눌러 쓰는 것처럼요.

한번 해 볼까, 싶은 마음이 들었다면 노하우 하나를 더 알려 드릴게요. 관심 키워드를 좀 더 구체적으로 만들거나 질문형으로 변형해 보세요. 예를 들어 현재 저의 관심 키워드는 #집짓기 #코로나 후 여행 #시니어 #(회사로부터)독립 등이에요. 그렇다면 이렇게 바꿔 보는 거예요.

도시에서 적은 비용으로 작은 #집짓기

#코로나 후 여행은 어떻게 바뀔까?

#시니어를 위한 자기계발서
회사에서 #독립하려면 무얼 준비해야 할까?

이처럼 구체화하거나 질문으로 만든 관심 키워드는 일종의 기획 '가설'이기도 합니다. 여기에 나라는 편집자가 '어떻게 답할 것인지'가 곧 기획이지요.

물론 이렇게 서랍에 관심 키워드를 잘 넣어 두었다고 해서 답이 뚝딱 나오는 건 아니에요. 빠르게 찾는 경우도 있지만, 몇 년씩 걸리기도 합니다.

'왈이의 마음단련장'이 쓴 『마음도 운동이 필요해』는 #명상이라는 키워드를 서랍에 넣은 지 3년 만에 찾은 답이에요. 제 개인에게도, 우리 팀에게도 명상은 관심 키워드였어요. 그리고 구체화한 관심 키워드, 곧 기획 가설은 '종교색 없는·쉽게 시작할 수 있는·밀레니얼 세대를 위한 명상'이었습니다. 그런데 아무리 찾고 찾아봐도 알맞은 작가나 콘텐츠가 없는 거예요. 명상 책이 하나둘 출간되는 걸 보며 마음이 조급해지기도 했어요. 그러다가 '딱'은 아니지만, 아주 조금이라도 가능성이 보이는 예비 작가를 발견한 날엔 '괜찮지 않을까……' 하고 스리슬쩍 타협하고 싶기도 했고요. 틈날 때마다 이리저리 찾았지만 답은 나오지 않았고, 포기한 채 시간이

흘렀습니다.

저는 인스타그램 탐색 창에서 모르는 누군가를 발견해 그 사람을 따라 떠돌아다니는 걸 좋아해요. '피드 산책'이라고 부르는 방법인데요. 보통 이런 과정을 거쳐요. 탐색 창에서 눈에 띄거나 기획의 그물에 걸리는 게시물을 보면 그 사람의 인스타그램에 방문합니다. 게시글을 보다가 호기심이 생기면 댓글까지 꽤 꼼꼼하게 봐요. 그러다 태그되어 있거나 댓글을 남긴 사람이 궁금해지면 그분의 인스타그램으로 옮겨 갑니다. 이렇게 이리저리 휘적휘적 마치 모르는 동네를 목적 없이 산책하듯 돌아다녀요. 그러다 보면 내가 보려고 하는 것 말고, 익숙한 것 말고, 우연과 우연이 연결해 준 새로운 세계를 만날 수 있어서 재미있더라고요. 좀 더 적극적인 산책 방법도 있습니다. 내 관심 키워드를 해시태그로 검색한 후 마찬가지로 이 사람에서 저 사람으로 떠돌며 피드 산책을 하는 거예요.

그날도 이리저리 피드 산책을 하고 있었습니다. 요가 하는 누군가, 채식하는 누군가를 따라 휘적휘적. 그러다가 누군가 '멍상' 리트릿에 다녀왔다는 후기를 봤어요. 멍상? 그게 뭐지? '명상'의 오타인가? 태그된 아이디를 따라가 보니 세상에, 프로필에 이렇게 적혀 있는 거

아니겠어요. '밀레니얼을 위한 명상 커뮤니티.' 빠르게 피드를 훑어보았어요. 그리고 확신했죠. 이분들이다.

편지를 썼습니다. 반가움과 의지를 눌러 담아 쓰긴 했지만, 사실 큰 기대는 하지 않았어요. 이미 여러 곳에 소개되었고, 많은 분이 알더라고요. 3년을 기다려 이제야 만났는데 말이지요. 며칠 후 답장이 왔습니다. 예상대로 많은 출판사에서 제안을 받았지만 모두 거절했다 하셨어요. 그동안 너무 바쁘기도 했고 왈이의 마음단련장과 방향성이 딱 맞는 곳과 책을 만들고 싶어서요. 아아, 우리는 서로를 기다렸구나. 혼자 멋대로 결론지어 버렸습니다.

이렇게 서랍에 넣어 둔 키워드가 답을 찾기까지 시간이 얼마나 걸릴지는 알 수 없습니다. 당장 몇 시간 후일 수도, 몇 년 후일 수도 있어요. 다만 키워드를 서랍장에 잘 넣어 두기만 하면, 관심의 스위치를 끄지 않는다면, 언젠가 꼭 발견할 수 있을 거예요. 제가 조바심 내며 답을 찾던 3년 전에는 왈이의 마음단련장이 세상에 없었더라고요.

아, 앞에서 뇌 내 캐비닛을 가지고 있다던 하루키 씨는 스티븐 소더버그의 영화 『카프카』에 자신의 캐비닛과 비슷한 것이 등장한다고 말해요. 찾아보니 오, 제 머릿속 서랍장과는 비교도 안 될 만큼 어마어마한 규모의 캐비닛들이었는데요. 작동 방식은 같아 보였습니다. 하루키 씨의 뇌 구조가 어떤 모습일지 궁금한 분은 꼭 한번 찾아보세요.

그물의 날줄, '고객 관점'

영화를 보거나 소설을 읽을 때 우리는 주인공이든 조연이든, 혹은 전지적 작가 시점이든 누군가의 시점으로 극의 전개를 바라보고 느끼고 공감하고 또 판단합니다. '고객 관점'이라는 것은 이와 비슷해요. 내가 관심을 둔 고객 혹은 내가 속한 조직(회사·팀)의 고객 관점으로 세상을 바라보는 거예요. 마치 영화 속 인물과 동일시하는 것처럼 그 고객이 되어 보는 거죠.

　고객의 관점으로 보면 평소의 내가 전혀 관심 두지 않았을 것에도 눈길을 주게 됩니다. 안 보이던 것이 눈에 띄고 내 세계가 확장돼요. '나'라는 울타리를 뛰어넘을 수도 있고요. 세계는 넓어지지만 내 고객의 관점으로 정보와 아이디어를 필터링하고 선택하기 때문에, 나를 통과하는 수많은 인풋 중 필요한 것만 빠르게 캐치할 수 있습니다.

그런데 이렇게 고객의 관점으로 세상을 바라보려면, 당연히 고객을 잘 알아야겠지요. 그러려면 '고객 프로파일링'이라는 과정이 필요합니다. 『그것이 알고 싶다』 같은 프로그램이나 범죄 드라마 혹은 영화에서 프로파일러가 활약하는 장면 본 적 있으시죠? 범죄 현장에서 온갖 증거와 정황을 분석하고 조합해 범인이 어떤 사람인지 압축해 가는 것처럼, 고객에 대해 온갖 자료와 정황을 분석하고 조합해 고객이 어떤 사람인지 구축해 가는 작업이 고객 프로파일링입니다.

저는 6년간 두 개의 자아로 살았어요. 저 그리고 또 한 사람 '김시영' 씨로요. 시영 씨는 저와 팀원들이 함께 꾸렸던 시리즈 브랜드 '자기만의 방'(이하 자방)의 고객 페르소나입니다. 보통 시리즈라고 하면 분야·형식·주제 등을 기준으로 책을 만들잖아요. 자방의 기준은 딱하나, 김시영 씨였습니다. 오직 시영 씨를 위한 책을 만들었어요.

브랜드 론칭을 준비하며 맨 처음 한 일은 고객 페르소나를 구축하는 것이었습니다. 시영 씨는 가상의 인물이지만 창조하거나 상상해 만든 인물은 아니에요. 수많은 데이터를 조사·수집하고 사람을 관찰하고 인터뷰하고 분석한 후 섬세하게 조합해서 완성한 프로파일링의 결과물입니다. 어느 정도로 구체적이고 생생하게 만들었느냐 하면요. 김시영 씨의 프로파일링 자료에 담긴 내용은 다음과 같습니다.

생년월일·직업·가족 관계·학력·종교·사는 곳 등과 같은 인적 사항. 영화·드라마·책·공연 등의 문화 소비 방식. 좋아하는 브랜드 등과 같은 취향. 주중과 주말 일상을 어떻게 보내는지. 평소 가방이나 파우치 속엔 무엇이 담겨 있고, 화장대와 책상 위에 무엇이 놓여 있는지. SNS는 어떻게 활용하는지 등과 같은 일상의 모습. 삶·일·결혼·정치 등을 바라보는 태도와 가치관, 현재 가장 고민하는 것·바라는 것·미래의 꿈 등과 같은 마음의 문제까지 담겨 있어요. 론칭 당시 1986년생이었던 김시영 씨가 태어나서부터 32세까지 어떤 시대를 살아 왔고, 그 시대 변화 속에서 무엇을 경험했는지 알기 위해 정치·사회·문화 이슈도 연도별로 정리했어요. 시영 씨가 살아 온, 바꿀 수 없는 환경 같은 것들이지요.

자방은 이렇게 구축한 김시영 씨의 삶과 일상에 필요한 모든 것을 책으로 만들었습니다. 감히 말하자면, 최초의 타깃형 시리즈이자 브랜드예요. 한 사람을 위해 만드는 브랜드이니 당연히 모든 선택과 의사 결정의 기준은 김시영 씨입니다. 콘셉트를 세팅하는 기획 단계는 말할 것도 없고, 목차와 본문 구조를 설계하는 편집 구성 작업, 독자에게 말을 거는 디자인과 홍보 작업 등 책을 만드는 모든 과정에서 우리는 질문했어요. "시영 씨가 좋아할까? 필요로 할까? 시영 씨에게 최적화하려면 어떻게 하지? 어느 쪽을 더 마음에 들어 할까?" 끊임없이 김시영 씨를 찾았습니다. 팀 회의에서도 시영 씨는 늘 호출되었습니다. 누군가 "시영 씨가 좋아할까요?"라고 물으면 회의 테이블의 빈자리로 시선을 돌리고 생각에 빠지곤 했습니다. 마치 거기에, 우리 곁에 시영 씨가 앉아 있는 것처럼요. 시영 씨의 의견이 제일 중요하니까요.

그렇기 때문에 저는 우리 고객인 시영 씨의 관점으로 세상을 바라보았습니다. 시영 씨가 되어서요. 그러면 어떤 일이 일어나느냐면요. 예를 들어 우연히 어떤 신문 기사를 봤다고 해 볼게요. 요약하자면 이런 내용이에요.

제목은 「나홀로 귀촌 여성들에 '기술은 필수'」, '귀농귀촌 여성을 위한 생활기술 캠프' 현장을 스케치하며, 중장년 남성이나 부부 위주였던 귀농귀촌 인구가 청년과 여성·1인 가구 등으로 다양해지고 있고 특히 여성 증가율이 눈에 띈다며 실제 통계를 근거로 들어 설명하는 기사였습니다. 이런 흐름에도 불구하고 귀농귀촌 교육은 여전히 남성중심적이라는 문제점을 제기한 기자는 생활기술 캠프 참가자의 목소리를 빌려 '농촌에서 기술은 생존'이라고 말하며 '시골에서 여자 혼자 있는 집에 남자를 들일 때 불안함' '기술을 배워 스스로 문제를 해결한 후 맛볼 수 있는 즐거움과 성취감'에 대해 이야기해요. 이어서 생활기술 캠프를 주최한 귀촌 여성들의 모임 '완주숙녀회'에서는 앞으로도 귀촌하려는 여성을 위한 교육을 꾸준히 이어 갈 거라는 계획을 전하며 이 생활기술은 도시에서도 유용하게 쓰일 테고, 여성에게 자유와 해방감을 줄 것이라며 기사를 마무리합니다.●

자, 만일 이런 신문 기사를 읽고 기획을 해 본다면 어떤 책을 떠올릴 수 있을까요? 아마도 가장 먼저로는 신문 기사가 다룬 주요 내용이자 방향에 따라 이런 책을 생각해 볼 수 있을 것 같아요.

귀촌 여성을 위한 생활기술 모음

여기서 조금 더 노하우의 범위를 넓혀 생각해 본다면 이런 것도 가능할 듯해요.

귀촌하려는 여성을 위한 귀촌 가이드북

이때 여성을 위한 귀촌 가이드를 여러 귀촌 여성의 인터뷰로 알려 줄 수도 있지 않을까요?

○○의 귀촌 여성 인터뷰집

혹은 생활기술 캠프를 기획한 '완주숙녀회'에 관심을 둘 수도 있겠어요

귀촌 여성들을 위해 활동하는 완주숙녀회의 에세이

이 밖에도 다양한 기획 가설을 세워 볼 수 있을 거예요. 그런데 저는 앞서 열거한 가설을 하나도 떠올리지 않았어요. 왜냐면, 저와 팀의 관심 키워드에 #귀촌 #귀농 #생활기술이 없었거든요. 그래도 이 기사를 읽자마자 완주숙녀회를 디깅하기 시작했습니다. 시영 씨의 관점에서 바라보니 다른 게 보였거든요.

시영 씨는 귀농귀촌을 꿈꾸거나 생활기술을 배워야겠다고 생각한 사람은 아닙니다. 그런데 '여자 혼자 있는 집에 낯선 남자를 들일 때의 불안함'에는 공감했을 거예요. 게다가 시영 씨는 고양이와 단둘이 살고 있거든요. 집에 크고 작은 문제들이 생길 때마다 수리 전문

가를 집으로 불러야만 했던 시영 씨에게 이런 제안을 해 보면 어떨지 생각해 봤어요. '시영 씨, 낯선 사람이 집에 오는 건 시영 씨에게도, 고양이에게도 불편한 일이잖아요. 혹시 어렵지 않게 수리할 수 있다면 직접 시도해 보는 건 어떨까요? 불안과 불편 대신 뿌듯함과 성취감을 얻을 수 있을 거예요. 돈도 아낄 수 있고요.' 그렇게 시작된 책이 못 박기부터 형광등 교체, 막힌 싱크대와 세면대 뚫기까지 초보자도 따라 할 수 있는 생활기술 서른한 가지를 큐레이션한 『안 부르고, 혼자 고침: 소소한 집수리 안내서』였습니다.

편집자로서 저는 김시영 씨라는 고객의 관점으로 세상을 바라보았습니다. 자연인으로서의 저라면 전혀 관심을 두지 않았을 이슈나 키워드일지라도 시영 씨가 좋아하거나 관심을 가질 만하거나, 필요로 하거나, 도움받을 수 있을 것 같다면 기획 대상으로 삼았어요.

물론 편집자 개인 한 사람이 브랜드 단위의 프로파일링을 거쳐 시영 씨 같은 페르소나까지 구축하기는 쉽지 않아요. 그래서 혼자 할 수 있는 조금 쉬운 방법을 공유하려고 해요. 쉽지만, 약간의 노력과 부지런함이 필요합니다. 제가 요즘 실제로 프로파일링하고 있는 방법이기도 해요.

저는 바탕 화면에 '고객 프로파일링'이라는 제목의 문서 파일을 항상 둡니다. 이전에는 시영 씨에 대해 수집한 자료를 모아 둔 문서였고, 현재는 저의 브랜드를 운영하며 새로운 고객에 대한 단서를 발견할 때마다 이 파일에 기록하고 있어요. 이렇게 프로파일링 관련 단서를 모을 문서 파일을 하나 만드는 것, 그게 시작입니다.

그렇다면 빈 문서를 채울 '고객'을 정해야겠지요? 현재 소속 팀이나 회사의 고객 또는 자신이 관심 있는 고객을 정해 보세요. 예를 들어 '30대 여성'은 범위가 너무 넓어요. 최소한 '에세이를 구입해 읽는 30대 여성' 정도로 구체적이어야 합니다. 자, 여기서 한 걸음 더 들어가 그 고객이 어떤 에세이를 구입해 읽었을지 생각해 보세요. 내 고객이 읽었을 법한 책을 선택하는 거예요. 그리고 검색합니다.

인터넷 서점의 리뷰는 기본입니다. 그 책을 읽은 고객이 왜 그 책을 택했는지, 무엇에 만족했고 불만족했는지 단서를 수집하세요. 이때 서평단 리뷰가 아닌 '구매' 고객 리뷰를 중심으로 봐야 해요. 진짜 고객의 목소리를 들어야 하니까요. "제목에서부터 위로받았어요" "퇴근하고 돌아와 읽으면 힐링이었어요" "쉽게 읽을 수 있었어요" 등등 고객의 말을 수집합니다. 그리고 '고객 프로파일링' 문서에 그 말을 가공하지 않고 그대로 복사해 붙여 넣어요.

블로그와 브런치·SNS 등에서도 책 제목으로 검색합니다. 리뷰를 읽은 후에는 그 리뷰를 쓴 사람이 어떤 사람인지 살펴보세요. 누구인지, 무얼 좋아하고 싫어하는지, 취향은 어떤지, 요즘 어떤 고민을 하는지 등 사소한 것부터 마음의 문제까지 시시콜콜 알아보는 거예요. 그 사람이 언급한 브랜드의 쇼핑몰에 들어가 어떤 제품이 있는지 살피기도 하고, 그 제품의 리뷰도 읽어 봐요. 생각을 확장시켜서 그 제품이나 브랜드의 고객은 또 누구인지도 검색해 봅니다.

이렇게 내 고객을 찾아다닐 때 33쪽에서 언급한 김시영 씨 프로파일링 항목들을 참고해도 좋아요. 마치 내가 프로파일러가 된 것처럼 고객에 대해 크고 작은 단서들을 수집해 보세요. 특히 고객의 말 중 정제되지는 않았지만, 말 자체로 힘이 있는 입말이 있다면 변형하지 않고 그대로 가져와요. 이후에 그 고객을 대상으로 책을 만든다면, 카피나 홍보 문구를 쓸 때 활용할 수 있거든요. 광고를 위해 잘 '만든' 광고 문구보다 고객의 입에서 나온 그 말이 더 힘을 발휘하기도 해요. 그야말로 '소비자 언어'니까요.

단서를 발견하면 아까 만든 문서 파일에 쌓아 두는 것도 잊지 마세요. 정리정돈까지 하지 않아도 돼요. 일단 모아 둔다는 게 중요합니다. 단서를 언제 어디서 찾을지 모르므로, 당장의 일에 밀려 고객도 프로파일링도 잊기 십상이므로 문서 파일을 바탕화면이나 잘 보이는 곳에 두는 걸 추천해요. 휴대전화의 메모장도 유용합니다.

고객 프로파일링이라는 어려운 말로 설명했지만, 고객을 찾고 프로파일링하는 작업은 마치 관심 있는 누군가가 궁금하고 더 알고 싶어서 "당신은 어떤 사람인가요?"라고 묻고 답을 듣는 과정과도 같아요. 이 과정을 여러 번, 또 오랫동안 거치면 내가 책으로 말 걸고 싶은 고객이 보입니다. 누구보다 그 사람에 대해 잘 알게 되고, 그 사람의 관점을 장착하고 세상을 바라볼 수 있게 되지요.

저 역시 기획 회의를 앞두고 가져갈 아이템이 없어서 쫓기는 마음으로 웹사이트 곳곳을 뒤지던 날들이 있었어요. 서점을 가득 채운 반짝이는 책을 보며 나는 기획 감각이 없는 건가 좌절했던 적도 많고요. 분명 나도 본 적 있는 콘텐츠이고 예비 작가인데 다른 출판사에서 근사하게 책으로 펴낸 걸 보며 그때 왜 나는 기획으로 연결시키지 못했을까 자책한 적도 있습니다.

그런데 그건 내 손에 그물이 없어서였어요. 기획에는 기획 감각보다 '기획의 그물'이 먼저 필요합니다. 나를 다그치지 말고, 이 도구부터 마련해 보세요. 그물의 씨줄과 날줄은 제가 제안한 것 말고도 얼마든지 있어요. 작가일 수도, 트렌드일 수도 있고요. 회사의 프로젝트 미션일 수도 있지요. 나의 궁금증과 질문도 가능합니다. 예를 들어 "사람들은 어떤 콤플렉스를 가지고 있을까"라든가 "왜 유난히 그 영화는 N차 관람하는 사람이 많을까" 같은 것요.

이렇게 나만의 씨줄과 날줄로 튼튼한 그물을 짰다고 하더라도 때때로 손질해 줘야 해요. 나도 변하고, 일하는 환경과 시대도 계속 변화하고 있으니까요. 마지막으로 한 가지, 그물을 쳐 두기만 하지 말고 이곳저곳에 관심을 갖고 둘러보며 그물을 던져 보세요. 전시나 팝업·드라마 등을 볼 때 내 기획의 그물을 던져서 기획으로 연결해 보는 연습을 하는 것도 좋고요.

{ 2 }

그 작가 어떻게 확신하는 거죠?

출판 계약하기 전 체크해야 할 세 가지

관심 키워드에 답해 줄 콘텐츠를 가진 작가를 찾으려면 당연히 편집자의 노력이 필요합니다. 생각해 보세요. 5천만이 살고 있는 한국에서, 우리가 그 사람 혹은 그 세계를 발견할 확률이 얼마나 될까요? 발견하기도 어렵지만, 그렇게 노력해서 한 사람을 찾아도 '인연의 운'이 도와주지 않으면 소용없습니다. 인연의 운 덕에 연결된다 해도 서로의 바람과 이해가 일치하고, 책을 쓰고 만들 수 있는 타이밍까지 맞으려면요? 이런 생각을 하다 보면 작가와 편집자가 함께 책을 만드는 건 우주의 도움 없이는 불가능하고 운명이자 기적이라고까지 생각하게 됩니다.

저는 스파크형 인간입니다. 기적 같은 인연이나 책으로 만들고 싶은 콘텐츠를 발견하는 순간 금세 마음을 빼앗기고 맙니다. 머릿속에서는 이미 책을 출간하고 사은품 포장까지 마친 후예요. 우리는 기적처럼 만났으니까! 이건 운명이니까!

마음의 속도가 이렇게 빠르다 보니 오류가 있을 수밖에 없었습니다. 원고를 받았는데 콘텐츠의 밀도가 낮다거나, 작가와 함께 일해 보고 나서야 가치관의 주파수가 안 맞는다는 걸 알게 되거나, 책으로 만드는 동안 시장성이 지나치게 없다는 걸 깨닫게 되거나 등등 다양한 문제가 생기곤 했어요. 아무리 신중하게 진행한다고 해도 변수가 생기기 마련이잖아요. 점잖게 말해 오류이지, 제 발등을 찍는 것과 다름없었습니다.

발등 찍기의 역사를 이야기하기 시작하면 이 책 한 권을 다 채울 테니 그건 다음 기회로 미룰게요. 대신 그 역사 덕에 갖게 된 기준과 노하우를 공유하려고 합니다. 작가에게 연락하기 전에, 투고 원고를 검토할 때, 기획하는 과정에서, 무엇보다 계약하기 전 반드시 체크해 보기를 권해요. 저는 크게 세 가지 기준으로 판단합니다.

①적합성 ②상업적 가치 ③개인적 가치

이 기준을 정립하는 데는 편집자이자 발행인인 피터 지나가 편저한 책『편집가가 하는 일』이 많은 영감을 주었는데요, 세 가지 기준에 대해 하나씩 소개할게요.

①적합성

이 콘텐츠, 혹은 예비 작가가 '적합'한지 판단해야 합니다. 아주 기초적이지만 출발점에서 반드시 짚고 넘어가야 하는 중요한 항목이에요. 아래 질문을 활용해 봅니다.

우리 팀·회사의 출간 방향에 적합한가?
이 기획에 적합한가?(기획 후 예비 작가나 콘텐츠를 발견했을 경우)

우리 팀·회사의 출간 방향에 적합한가? 이때 '출간 방향'은 '분야'와는 조금 다른 의미입니다. 예를 들어 같은 인문 분야도 출판사마다 빨주노초파남보 색깔이 다릅니다. 교양 지식을 이해하기 쉽게 기획하고 편집해 펴내는 곳이 있는가 하면, 학자들의 새로운 연구 결과를 잘 정리해 세상에 내놓는 곳도 있죠. 인문서 고객이 아닌 독자들에게도 닿을 수 있는 인문 에세이를 만드는 곳도 있고요. 이뿐만 아니라, 조직의 철학과 신념 등에 따라 같은 주제라도 다른 결의 책이 나오기도 해요. 모든 분야의 책을 만드는 종합 출판사라고 해도 나름의 방향이 있습니다. 현재 소속한 조직이 있다면 먼저 출간 방향을 반드시 체크해야 해요. 내가 결심한다고 해도 이후에 진행하기 어려운 상황을 맞닥뜨릴 수도 있으니까요.

물론 소속한 조직의 출간 방향과 다른 기획을 할 수도 있습니다. 저도 비슷한 경험이 꽤 있어요. 기획 회의에서 설득해 보려고 무작정 기획안을 제출해 보기도 했고요. 대부분의 결과는 '반려'였습니다. 속상함과 답답함에 한숨을 쉬며 기획안을 '폐기' 폴더에 넣곤 했지요. 어차피 안 되는구나 싶어 다시 설득할 생각조차 안 했고요. 그러다가 한 번은 반려당한 기획안을 버리지 않고 수정해서 또 회의에 가지고 갔습니다. 아주 뜨뜻미지근한 답이 돌아왔어요. 그러자 용기인지 오기인지가 생기더라고요. 바로 A4 두세 장가량의 긴 편지를 써서 결정권자들에게 보냈습니다. 그런데 허무할 정도로 쉽게 오케이 사인을 받았어요. 처음이었습니다. 어리둥절하고, 성취감도 느껴져서 들떴던 기억이 나요.

지금 생각해 보면 그 기획이 훌륭해서라기보다 절박함과 의지 때문에 통과할 수 있었던 듯해요. 소속한 조직의 출간 방향과 조금 다르지만 꼭 추진해 보고 싶다면, 적어도 제가 앞으로 말씀 드릴 기준에 모두 "예스!"라는 답을 할 수 있다면, 한번 시도해 보는 건 어떨까요? 반려된다면 좀 더 수정해 다시 한 번 스윽 내밀어 보고요. 그 행동만으로도 편집자의 의지가 드러나거든요. 그러다가 최종 반려되더라도 '실패'했다고 여기지 않기를요. 내가 고민하고, 판단하고, 그에 따라 행동하며 경험을 쌓는 것이 일에서 가장 중요하니까요.

이 기획에 적합한가? 기획 가설을 세운 후, 적합한 예비 작가나 콘텐츠를 발견했을 때 떠올려야 할 질문입니다. 애타게 찾던 예비 작가 1호를 발견했다면, 순간 "찾았다!"라는 기쁨에 (특히 저 같은 사람은) 바로 '이분과 꼭 함께 작업해야겠어!' 하고 마음을 정해 버리곤 합니다. 마치 정답을 찾은 것처럼요. 오랜 시간 동안 찾았다면 정답이라는 믿음이 더 강해지고요. 때문에 이 질문은 내용보다는 질문하는 행위 자체가 중요합니다. 브레이크를 거는 거예요. 발견한 기쁨에 시야가 흐려진 건 아닌지, 급한 마음에 이 정도면 괜찮지 않나 스스로 타협한 건 아닌지 따져 보는 거예요. 스스로에게 질문을 던지고 이 예비 작가 혹은 이 콘텐츠가 이러저러해서 이

기획에 적합하다,라는 연약한 이유라도 찾아야 합니다.

②상업적 가치

쉽게 말해 상품으로서 가치가 있는지 생각해 봐야 합니다. 안 팔리는 책을 만들고 싶은 사람은 없을 겁니다. 하지만 우리는 상업적 가치를 뒤로 미뤄 두고 생각하기도 합니다. '기발하고 참신한데, 사회적으로 의미가 큰데, 정말 잘 썼는데, 진짜 재미있는데……' 등등 콘텐츠의 장점만 보고 판단하는 거예요. 안타깝게도 그런 이유로는 동료나 결정권자를 설득할 수 없습니다. 스스로 결정해야 하는 1인 출판에서도 마찬가지고요. 특히나 이전의 성과가 없는 첫 책 작가는 리스크가 더 크다고들 생각하기 때문에 다른 이를 설득하기 쉽지 않지요. 상업적 가치를 반드시 따져 봐야 합니다. 아래 세 가지 질문에 답해 보면서요.

고객은 누구인가?
예상되는 최소 판매 부수가 손익분기점을 넘는가?
다른 상품 사이에 놓아도 여전히 경쟁력이 있는가?

고객은 누구인가? 그 콘텐츠의 고객이 누구인지 대

답할 수 있어야 합니다. 책으로 출간된다면 누가 구입할지, 읽을지 구체적으로 떠올릴 수 있어야 해요. '2030 여성'이라든가 '육아하는 부모' '출퇴근하는 직장인' 같은 답은 안 하느니만 못해요. 구체적이어야 합니다. 이제는 연령대로만 고객을 구분하면 안 된다는 것 또한 알고 계실 겁니다. 지금 그 콘텐츠 또는 기획으로 만든 책을 누가 좋아할지, 누가 필요로 할지, 누구에게 도움이 될지 최대한 구체적으로 찾고 생각해 보세요. '다이어트가 아닌 건강한 신체를 목표로 운동하려는 여성' '육아하며 자아를 잃을까 봐 두려운 여성' '출퇴근하는 시간이 아깝다고 느끼는 직장인'과 같이 고객의 상황·욕구·불만·꿈 등에 집중하면서요. 고객이 안 떠오른다는 건 책이 나오더라도 누구에게 어떻게 팔지 모른다는 의미이기도 해요. 책은 홀로 존재할 수 없어요. 독자가 있어야 합니다.

사실 상업적 가치를 검토할 때의 정석은 예상되는 **최소 판매 부수가 손익분기점을 넘는가?** 하는 질문에 답하는 것입니다. 예상 정가·초판 부수를 정하고 투입될 예상 개발비와 제작비·관리비·홍보비 등을 바탕으로 손익분기점을 찾습니다. 기존 유사·경쟁 도서의 판매량을 바탕으로 예상 판매 부수를 책정하고, 최소 판매 부수가 손익분기점을 넘을지 따져 보고요. 이렇게 별것 아닌 듯 말했지만 실제로 계산하려면 저 역시 눈이 핑글핑글 돕니다. 손익분기 계산법이 적용된 엑셀 시트나 프로그램이 있다면 수월할 텐데요. 대형 출판사나 시스템이 갖춰진 곳이 아니고서는 이런 툴을 보유한 곳이 드뭅니다. 시스템도 없고, 손익분기 계산법을 모른다면 적어도 다음의 질문에는 꼭 답해 봐야 합니다.

다른 상품 사이에 놓아도 여전히 경쟁력이 있는가? 그 콘텐츠나 기획만 보고 있을 때는 판단 기준이 애매해서 잘될 것 같다는 근거 없는 낙관적 상상을 하기도 하고, 긴가민가 아리송할 때도 있습니다. 이럴 때 확실히 상업적 가치가 있는지 체감하는 방법이 있는데요. 서점에 가는 거예요. 인터넷 서점이든 오프라인 서점이든 가서 수많은 책과 나란히 놓였을 때 이 콘텐츠와 기획이 경쟁력이 있는지 냉정하게 평가해 보세요. 내가 만들 상상의 책을 유사·경쟁 도서 사이에 둬 보기도 하고, 해당 분야 베스트셀러 목록 옆에 놓아 두기도 하면서 관찰하는 거예요. 시야를 넓히는 겁니다. 그 콘텐츠와 기획은 책이 되어 우리가 보고 있는 치열한 시장인 그 서점 어딘가 놓이게 될 거예요. 그걸 직시해야 합니다. 질문에 답할 땐 자신에게 솔직해야 합니다. 이 책보다는 낫지, 같은 안일한 평가는 안 돼요.

물론 모든 책이 종합 베스트셀러가 될 수 없고, 모든 책이 종합 베스트셀러를 목표로 삼을 필요도 없습니다. 하지만 한 가지, 그 책이 속한 분야에서 일정한 지분을 확보할 가능성(자기 분야에서 버틸 수 있는 경쟁력을 말합니다)은 가지고 있어야 해요. 만약 경쟁력이 있다고 판단했다면, 무엇을 근거로 그렇게 판단했는지 이유를 언어로 정리해 봅니다. 이게 결국 셀링포인트인데요. 잘 정리된 언어가 아니어도 좋으니, 꼭 찾아보세요. 이때만 할 수 있는 러프하지만 직관적인 추측은 이후에 책을 만들어 나갈 때 큰 힌트가 된답니다. 적어 두었다가 기획안을 쓸 때 활용합니다.

아무래도 이 콘텐츠와 기획 가설이 경쟁력이 떨어지는 것 같고, 자신이 없다 해도 바로 포기하지는 마세요. 한 번만 더 생각해 보자고요. 기획을 더 날카롭게 벼린다거나, 독특한 편집 구성으로 보완한다거나, 일러스트 등의 시각 재료를 더하거나, 따라해 볼 수 있는 템플릿을 만들거나, 미니 인터뷰를 챕터마다 붙이는 등등 경쟁력을 강화할 방법을 찾아보는 거죠. 이때 무언가 돌파구를 발견했다면, 다시 한 걸음 뒤로 물러나 정말 그걸로 경쟁력을 갖출 수 있는지 냉정하게 판단해 보세요. 혹시 그 방법이 편집자인 나와 협업자를 갈아 넣는 고난의 길이라면 멈춰야 해요. 그 방법은 누구에게도 도움이 되지 않습니다.

저는 기획안의 빈칸을 채울 때 가장 막막했던 게 '예상 판매 부수'였어요. 얼마나 팔릴지 예측하는 게 과연 가능한가 싶더라고요. 써 봤자 어차피 틀릴 텐데 예측이라니, 무의미하다는 생각까지 들었어요. 그러면서도 틀린 예측을 할까 봐 빈칸을 채워 넣는 게 망설여지는 거예요. 그래서 처음 기획안을 쓰기 시작할 때는 팀장님이나 선배에게 물어보곤 했어요. 경력이 많은 팀장님은 "글쎄, ○○부는 되지 않을까요?" 하고 예언자처럼 찍어 주기도 하셨고, 도와주려는 선배는 경쟁 도서 판매 부수를 가늠해 보라고 알려 주곤 했는데요. 아니 그 판매 부수는 또 어찌 안단 말인가요. 울고 싶어졌던 기억이 나요.

이제는 경험으로 쌓인 데이터와 직감으로 어렴풋이 가늠할 수 있게 되었지만, 여전히 잘 모르겠어요. 틀리는 경우도 많고요. 다른 편집자는 어떻게 유추하는지 여러 책을 뒤지고, 주변의 전문가나 선배 들에게도 물어봤지만 답은 비슷했습니다. 유사·경쟁 도서의 판매 부수를 바탕으로 유추한다. 분야의 추세를 살펴보고 유추한다. 작가의 전작이 있다면 전작 판매량을 고려해 유추한다. 작가의 팔로어나 팬의 숫자로 유추한다. 모두 유추할 수밖에 없더라고요. 심지어 미국 출판 시장도 마찬가지였어요.

> 가망성 있는 신간의 판매 결과를 예상하기란 극도로 어렵다. 이것은 "근거 있는 어림짐작" 행위와 다름없다. 그렇다고 해서 마치 모자에서 숫자를 꺼내는 일과 다를 바 없다고 말하는 것은 아니다. 편집자가 프로젝트의 판매 잠재력을 판정하는 데 도움이 되는 몇 가지 정보도 있다.●

이 책은 '편집자가 프로젝트의 판매 잠재력을 판정'하려면 크게 세 가지를 참고하라고 합니다. 작가의 전작 실적·컴프 타이틀(컴프 타이틀이란 유사·경쟁 도서를 말합니다. 이때 중요한 건 올바른 컴프 타이틀을 선정하는 거라고 해요) 그리고 작가의 입지(명성)예요. 역시 별다르지 않았습니다. 솔직히 말하면, 예상 부수 앞에서 세상 모든 편집자가 고민하고, '근거 있는 어림짐작'을 한다는 사실이 위안이 되었어요. 모두에게 어려운 거였

● 『편집가가 하는 일』(피터 지나 편저, 박중서 옮김, 열린책들, 2020)

53

어, 하하하. 그런 심정이랄까요.

책 만드는 여정을 시작할 때 어림짐작밖에 할 수 없는 예상 판매 부수·예상 정가·예상 손익분기점 그리고 예상 출간일 등을 왜 굳이 시간을 들여 계획하느냐고 선배들에게 물었습니다. 답을 정리하면 이러했습니다. "그조차 하지 않으면 더 혼란스러워질 테니까. 그나마 기준이 생기니까." 예상하는 일은 대혼돈의 여정에 그나마 기준점을 새우는 일이었더라고요.

마지막으로 덧붙이자면, 앞서 '컴프 타이틀'을 올바르게 선정하는 게 중요하다는 이야기가 나왔는데요. 경쟁·유사 도서의 판매 부수를 알아볼 때는, 경쟁 도서와 유사 도서를 잘 선정하는 것이 중요합니다. 이때 해당 분야의 베스트셀러 목록 1위는 예외적으로 크게 성공한 경우가 많기 때문에 일단 제외하는 편이 좋았어요. 또 유사 도서의 의미가 '내용이 비슷한 책'을 말하는 것이 아니라 '고객이 유사한 책' '콘셉트가 유사한 책'이라는 것도 기억해 주세요.

③개인적 가치

상업적 가치를 판단하는 것만큼 중요한 것이 개인적 가치입니다. 나라는 편집자에게 이 콘텐츠와 기획이 가치 있는지도 반드시 생각해야 합니다.

내 출간 리스트에 넣고 싶은 책인가?
사람들에게 진심으로 자랑할 수 있는 책인가?

내 출간 리스트에 넣고 싶은 책인가? 두 가지를 체크해 보는 질문입니다. 하나는, 우선순위를 묻는 거예요. 한 명의 편집자가 1년 동안 만들 수 있는 책은 한정되어 있습니다. 상황에 따라 다르겠지만, 보통 네다섯 종 내외로 예상하는데요. 1년에 네 종을 만든다면, 10년이나 책을 만들어도 마흔 권밖에 만들지 못합니다. 웬만한 책장의 두 칸을 채울까 말까 한 숫자예요. 예를 들어 나에게 찬스 카드 네 장이 있다면 그중 하나를 쓸 수 있는지 스스로 물어보세요. 기꺼이 한 장을 내 줄 수 있는지를요. 한 권을 만들겠다고 결심하는 것은 내게 주어진 소중한 네 권 중 한 권, 마흔 권 중 한 권을 그 책으로 채우겠다는 결정과 같습니다.

이 질문의 두 번째 의도는 '내 시간과 에너지를 여기에 투자하고 싶은지'를 묻는 겁니다. 앞서 언급한 책『편집가가 하는 일』에서는 어떤 책을 만들지 결정하는 데에 '불꽃'이 필요하다고 말해요. 열정 같은 거죠.

어떤 책이든지 간에 발행은 길고, 집중적이고, 때로는 녹초가 되는 과정이다. 따라서 편집가가 열정이 생기지 않는 책을 위해 그 과정에 착수하는 것은 그야말로 심신 소모로 가는 확실한 길이 된다.

아무리 좋아서 시작한 책도 질릴 때쯤 마감한다고들 하잖아요. 여러 난관과 다채로운 희노애락을 거친 후에야 한 권이 출간되는데, 그 과정에서 이 프로젝트를 끌어갈 근본적인 동력은 결국 나의 마음이더라고요. 내 소중한 시간과 에너지를 이 기획과 콘텐츠에 투자할 수 있을지 생각해 보세요. 그 험난한 과정을 거치면서도 만들어 가고 싶은지를요. 1년에 네 권을 만든다는 건, 나의 1년을 그 네 권으로 채운다는 의미이기도 하니까요.

특히 첫 책 작가와의 작업은 아무래도 더 많은 시간과 에너지를 투입하게 되곤 해요. 아이디어를 다듬고 기획할 땐 너무 재미있지만, 그걸 실행할 땐 힘들어질 수밖에 없다는 걸 잊지 마세요. 미래의 나를 위해서요.

사람들에게 진심으로 자랑할 수 있는 책인가? 상품으로서의 가치를 판단하는 것만큼, 이 기획을 나라는 편집자가 힘껏 응원하고 자랑할 수 있느냐도 중요했어요.

책 만드는 과정에서 우리는 많은 동료와 결정권자들을 설득하고 또 그들과 협업해야 해요. 최종적으로는 고객과 독자 앞에 이 책을 내밀며 말을 걸어야 합니다. 그런데 자랑스러운 것까지는 아니더라도 부끄럽다면, 그들을 설득하고 그들과 협업하며 이 프로젝트를 이끌어 가기 어려워요. 고객과 독자에게 말을 건네는 건 더더욱 어렵고요.

떠올려 보세요. 책이 나왔을 때, 친구나 가족에게 자랑하고 싶나요? 적어도 '이거 내가 담당한 책이에요'라고 말할 수 있나요?

저연차 편집자의 경우, 스스로 기획을 하거나 원고를 택하지 못할 수도 있어요. 저도 그 기간을 꽤 오래 겪었고요. 그런데 그 시간도 나름의 의미가 있었어요. 훈련과 경험 축적의 시간이었거든요. 물론 내가 기획하고 좋아하는 콘텐츠로 책을 만들고 싶은 마음이 클 거예요. 그때는 꼭 옵니다. 그러니 조급해하지 말고 내게 주어진 기획과 원고를 나다움을 발휘해 완성해 보세요. 나라는 편집자가 만들어서 다른, 그런 책으로요. 그렇게 기획과 원고에 대한 감각을 차근차근 키워 보는 거예요.

체크할 것	유용한 질문들
적합성	우리 팀·회사의 출간 방향에 적합한가?
	이 기획에 적합한가?
상업적 가치	고객은 누구인가?
	예상되는 최소 판매부수가 손익분기점을 넘는가?
	다른 상품 사이에 놓아도 여전히 경쟁력이 있는가?
개인적 가치	내 출간 리스트에 넣고 싶은 책인가?
	사람들에게 진심으로 자랑할 수 있는 책인가?

{ 3 }
정말 끝까지 쓸 수 있나요?
초고 집필을 돕는 스프린트 마감

"첫 책 작가와 작업하는 건 리스크를 안고 가야 하는 일 아닌가요?"

"검증되지 않았는데, 너무 모험 아닌가요?"

모든 책이 가능성과 리스크를 동시에 안고 시작하지만, 첫 책은 리스크가 더 크다고 생각하는 경우가 많습니다. 판매 면에서 특히 그렇지요. 전작이 있는 작가라면 판매량을 정확히 예측하지 못해도 어느 정도 가늠할 수 있을 테니까요. 하지만 이번 책도 같은 성과를 낸다는 보장은 없습니다. '근거 있는 어림짐작'을 할 수 있을 뿐이죠. 그러니 이름만 대면 알 법한 초대박 베스트셀러 작가가 아니라면, 판매에 대한 불확실성은 늘 존재합니다. 첫 책 작가든, 기성 작가든 책 출간은 매번 모험일 수밖에 없어요.

제 경험으로는 첫 책 작가가 가진 리스크는 판매보다는 '초고 작업'이었습니다. 세상은 초고를 끝내 본 사람과 아닌 사람으로 나뉩니다. 책을 낸 사람이 아니라, 초고를 끝내 본 사람이라는 게 중요해요. 초고를 끝냈다는 건 자신이 가진 이야기를 일정 분량 써냈다는 의미이자, 완벽하지 않을지라도 어느 선에 도달했을 때 마침표를 찍을 용기가 있다는 것을 의미하기도 합니다. 책을 출간한 작가 중에도 자신이 초고를 완성하지 못한 사람이 있으므로 초고를 끝낸 것과 책을 출간한 것은 다릅니다.

책을 쓰고자 하는 의지가 있어도 결국 초고를 끝내지 못하는 예비 작가가 꽤 있습니다. 현업이 바빠서 진행하지 못하는 경우도 많지만, 대부분은 말 그대로 '쓰지' 못하고 '끝내지' 못했어요. 책을 쓴다는 부담감과 압박감 때문이었습니다. 아무리 편집자가 독려하고 응원하며 '하드캐리'한다고 해도 결국 그 벽을 돌파해 내는 건 작가의 몫입니다.

앞서 계약 전에 체크해야 할 세 가지 기준, 적합성·

상업적 가치·개인적 가치를 이야기했는데요. 한 가지 중요한 항목이 남아 있습니다. 바로 예비 작가의 '신뢰성'이에요. "이분이 책의 작가로서 자신의 역할을 해낼 능력이 있는가?"를 확인해 봐야 합니다. 샘플 원고와 가목차 작업을 진행하면서요.

첫 책 작가와 작업을 시작할 땐 시간이 걸리더라도 샘플 원고와 가목차 작업을 촘촘하게 진행하기를 추천합니다. 예비 작가가 아무리 훌륭한 콘텐츠·경험·생각을 가지고 있더라도 그것을 책에 담을 만한 함량으로 끌어낼 수 있을지는 미지수입니다. 그 가능성을 확인한다는 의미에서 '샘플 원고'는 이름만큼 가벼운 작업이 아닙니다. 때문에 예비 작가가 최소 두세 꼭지는 쓰도록 해야 합니다. 이미 연재한 콘텐츠가 있다 하더라도 책의 콘셉트과 주제에 맞게 기존 원고를 수정해야 하고요. 사실 첫 책 작가는 물론이고 기출간 작가도 마찬가지예요. 이전에 출간한 책이 편집자의 손이 많이 닿은 결과물일 수도 있거든요.

샘플 원고를 판단할 때 주의할 점이 있어요. 책을 만들고 싶다는 마음이 앞서서, 혹은 이렇게까지 진행시켰는데 없던 일로 하기엔 너무 멀리 온 것 같아서, 나중에 수정하고 보완하면 되겠지 하고 어물쩍 넘어가면 안 됨니다. 지금 생각하면 이때가 돌이킬 수 있는 마지막 기회였어요. 현재 상황을 직시하고 공동 집필자를 찾거나, 인터뷰나 다른 형식으로 전환하는 등의 돌파구를 찾아볼 수도 있고요. '샘플 원고' 작업은 앞으로 써나 갈 원고의 기준을 잡는 것은 물론, 일하는 방식을 결정하는 과정임을 유념해야 합니다.

가목차 작업은 첫 책 작가에게는 난도가 높은 작업이어서, 완벽한 목차를 짠다기보다 책에 담을 이야기를 1) 2) 3)…… 번호를 매기며 쭉 나열해 보기를 요청한 후, 그걸 바탕으로 편집부가 목차 기획을 하는 경우가 많았습니다. 작가에게 꼭지마다 어떤 이야기가 담길지 줄거리를 스케치하듯 메모해 달라고 당부하곤 했는데요. 이렇게 하면 전체 원고가 없더라도 작가가 책에 어떤 내용을 담을지 파악할 수 있어 유용합니다.

샘플 원고와 가목차 작업을 진행하면서 피드백과 수정을 거치는 것은 앞으로 함께 책을 완성해 가는 과정을 시뮬레이션해 보는 일이기도 합니다. 예비 작가와의 일 호흡이 어떨지 가늠하는 거죠. 이분이 일정은 잘 지키는지, 피드백을 어떻게 받아들이고 발전시키는지, 전화·카톡·문자·메일 등 어떤 소통 방법을 선호하는지, 일할 때 그의 장단점은 무엇인지 등을 알아보는 거예요.

더불어 작가의 태도도 눈여겨봅니다. 자신이 책을 쓰고 만드는 과정이 처음이라는 걸 이해하고 있는지, 그 과정을 경험하며 배우려는 마음이 있는지, 과정을 함께할 전문가 집단인 편집부를 인정하고 신뢰하는지를 살펴요. 아무리 영향력 있는 유명인이나 인플루언서가 작가여도 마찬가지입니다. 자신의 분야에서는 전문가이지만, 출판과 책에 있어서만큼은 우리가 전문가이니까요. (참고로 작가도 역시 편집자와 출판사의 태도를 잘 살펴봐야 합니다. 첫 책 작가라고 해서 의견조차 낼 수 없게 한다거나 무시하거나, 불합리한 계약 조건을 내미는 곳과는 일하면 안 됩니다.)

이 책의 작가로서 자신의 역할을 해낼 능력이 있는가? 이 질문은 예비 작가가 초고를 끝낼 능력이 있는지를 묻는 것과 동시에 '한 프로젝트를 진행하는 동료로서 협업할 수 있는 사람인가?'를 묻는 의미이기도 합니다. 알다시피 책은 협업의 결과물이고, 협업에서 조율을 맡고 있는 건 우리 편집자잖아요. 일이 진행되도록 이쪽과 저쪽을 조율하는 것도 중요하지만, 함께하는 전문가 협업자와 동료 들이 실력을 발휘할 수 있도록 환경을 마련하는 것 또한 편집자의 역할이기에 예비 작가의 태도를 살피고 일 호흡을 맞춰 보는 건 무척 중요합니다.

이렇게 예비 작가에 대해 깊이 알아보려는 이유에는 또 하나 숨은 마음이 있는데요. 작가와 인연을 맺기 시작할 때, 오래 이어 가고 싶어서예요. 책 한 권을 마치면 끝이 아니라 함께 로드맵을 그리고 함께 성장하는 관계이기를 바라서요.

초고 집필에 유용한 스프린트 마감

다시 초고 이야기를 해 볼까요? 당연하지만, 집필 스타일은 작가마다 다릅니다. 자기 기준에서 완성되었다고 생각하기 전에는 편집자에게조차 원고를 보여 주지 않고 수정까지 마친 후 한 번에 건네주는 경우, 그걸 두세 차례 나눠 주는 경우, 엄청 러프한 초고를 편집부에 공유한 후 수정을 거듭하는 경우 등 저마다 선호하거나 효율이 높은 방식이 있습니다. 작가에게 먼저 묻고 선택하도록 하되 집필하는 중간에 방법을 바꿀 수도 있다는 여지를 남겨 둡니다.

저는 연재물이나 완성된 초고를 한 번에 받아 책을 만든 경우보다 기획에서 출발해 작가의 초고 집필 과정을 함께한 경험이 더 많은데요. 이때 '스프린트 마감' 방식을 자주 활용했어요. 특히 초고를 끝까지 써 본 적 없는 첫 책 작가나, 현업이 바빠서 집필이 우선순위에서 밀려날 가능성이 있는 작가에게 효과적인 방법이니 한 번 시도해 보세요.

'스프린트 마감'은 애자일 개발 방식에서 활용되는 '스프린트' 시스템에서 아이디어를 얻었어요. 단기적인 목표를 세우고 → 목표를 달성한 후 → 회고하고 → 회고를 기반으로 다시 단기적인 목표를 세우고, 목표를 달성하고 회고하기를 반복하며 프로젝트를 완성하는 방식이에요. 초고 집필에는 이런 식으로 대입해 봤는데요.

①'짧은 마감일'과 집필 '목표 분량'을 정합니다.

작가에게 스프린트 마감 시스템을 설명하고 스스로 마감일과 목표 분량을 정하도록 합니다. 단, 구체적이어야 해요. 예를 들어 이렇게요.

A 작가: 매주 화요일 마감(1개월에 4회)/ 마감별 목표 분량: 15매 1편
B 작가: 매달 마지막 주 목요일 마감(1개월에 1회)/ 마감별 목표 분량: 10~15매 5편

마감 주기는 보통 일주일이나 2주일에 한 번, 혹은

한 달에 한 번 정도였는데 작가의 라이프스타일이나 성향, 집필하는 책의 성격에 따라 정했어요. 벼락치기가 익숙한 사람이라면 1주나 2주에 한 번 정도로 주기를 짧게 두는 편이 나았습니다. 그런 분은 마감 주기가 한 달이어도 결국 마지막 주에 벼락치기로 해치우는 경우가 많더라고요. 계획을 잘 짜고 스케줄 관리를 즐겨 하는 사람이라면 한 달이나 두 달에 한 번 마감도 가능했고요.

마감 주기와 목표를 정하면 초고가 완성되는 대강의 날짜가 나옵니다. 그날을 기준으로 출간일도 작가와 함께 가늠해 보세요. 이쯤에 초고가 완성되고, 그러면 책은 이쯤에 출간된다고 달력을 보며 이야기하는 것만으로도 동기부여가 됩니다. 구체적인 날짜가 나오면 책이 출간된다는 사실이 실감 나거든요.

전체 초고 집필 기간은, 노하우나 하우 투를 담는 책은 되도록 짧게 집중적으로 6개월 이내에 끝내자고 제안하곤 했어요. 특히 본업이 있는 작가들은 집필 기간이 길어질수록 동력이 떨어져서 최대한 단기간에 초고를 마무리했습니다. 에세이는 그보다는 유동적이고 길게 잡았어요. 1년에서 1년 반 정도로요.

②마감일에 목표로 한 분량의 원고를 편집자에게 반드시 보내도록 합니다.

스프린트 마감에서 중요한 건 '러프하지만 한 편이라도 완성한다'예요. 이것이 가장 우선입니다. '긴 집필 기간을 짧은 단위로 쪼갠 후 단기 목표를 세우고 달성한다' '완료한 기쁨과 성취감을 동력으로 초고 완성까지 도달한다'가 스프린트 마감의 작동 방식이기 때문입니다. 그러니 수정 작업 때문에 마감에 늦는 일은 없어야 해요. 일단 매번 마감을 한다는 게 중요하다는 걸 작가에게 계속 인지시켜 주세요.

원고는 파일로 주고받는 방식 외에도 구글 문서나 노션 페이지를 공유해 계속 업데이트하는 방법도 있어요.

③작가와 편집자가 만나 '회고'하고 '다음 목표'를 세웁니다.

한 달에 한 번, 적어도 두 달에 한 번은 작가를 만납니다. 편집자는 마감한 원고를 읽은 소감을 전하고, 작가는 글을 쓰며 어땠는지 이야기를 나눠요. 어떤 점이 어려웠고, 즐거웠는지, 마음에 걸렸던 부분은 없는지 작가에게 물으며 인터뷰해 보세요.

회고 미팅에서는 세부적인 원고 피드백은 하지 않고 큰 방향만 잡아 갔어요. 그렇다고 무조건 잘 쓰고 있다, 좋다, 라는 응원만 하는 것은 큰 도움이 되지 않았습니다. 예시를 더 많이 넣어달라거나, 톤이 너무 무거워지지 않았으면 좋겠다거나 등등 '앞으로' 써 나가는 데에 필요한 피드백을 전하고 작가의 생각을 들으며 의논하곤 했어요. 회고를 마치고는 다음 마감일을 한 번 더 체크하고, 다음번 회고 미팅 날짜를 잡습니다. 그리고 "화이팅!"을 외치고 헤어집니다.

임진아 작가의 첫 책 『빵 고르듯 살고 싶다』도 스프린트 마감으로 초고를 완성했습니다. 가목차와 샘플 원고 집필 과정을 거치며 작가님이 마감일을 잘 지키신다는 것을 알게 되었고 또 원고 작업을 하며 다양한 아이디어를 나눌 수 있는 동료라는 확신도 들었습니다. 다만 작가님이 짧은 글과 그림을 묶은 책을 독립출판물로 출간한 경험은 있지만 호흡이 긴 글을 쓰는 것도 상업 출판으로 책을 내는 것도 처음인 터라, 스프린트 마감 방식으로 초고를 쓰기로 했습니다.

마감 주기는 한 달에 한 번. 목표 분량은 꼭지당 200자 원고지 15매 내외로 서너 꼭지. 마감 후 이틀이나 사흘 뒤에 회고 미팅을 했어요. 그때마다 임진아 작가님은 빵을 들고 오셨습니다. 좋아하는 빵집의 시그니처 빵부터 새로 문을 연 곳의 색다른 빵까지 매번 다른 빵을 앞에 두고 이야기를 나눴어요. 책을 출간한 후 '빵 이야기를 하는 책이 아닌데 이상하게 빵이 먹고 싶어지는 책'이라는 리뷰를 자주 봤는데요. 이상한 게 아니라, 당연한 일입니다. 1년 넘게 매달 함께 빵을 먹으며 쓰고 만든 책이거든요.

빵을 먹으며 지난 원고에서 좋았던 부분을 하나씩 짚어 가며 좀 더 깊이 이야기 나누거나, 궁금한 부분을 묻거나 하다 보면 다음 원고로 쓸 만한 소재가 나오기도 했습니다. 출간 후 이벤트나 굿즈도 미팅에서 자주 등장하는 이야깃거리였어요. 책을 마감할 무렵에는 일정에 쫓겨 이벤트나 굿즈 기획에 충분히 신경 쓰기 어렵잖아요. 회고 미팅 때는 가벼운 마음으로 이런저런 아이디어를 논의할 수 있어서 재미있게 기획할 수 있더라고요. 독자들에게 큰 사랑을 받았던 굿즈인 '빵갈피'도 회고 미팅에서 툭 튀어나온 아이디어에서 출발했답니다.

원고뿐 아니라 근황 토크를 하거나 최근의 고민을 나누기도 했어요. 책이나 팟캐스트, 맛집을 추천하기도 하며 딱히 일과 관련 없는 주제로도 신나게 이야기 나눴지요. 미팅이라고는 하지만 한 사람을, 그 세계를 알아가는 시간이었습니다.

임진아 작가님과의 두 번째 작업이었던 『사물에게 배운다』도 스프린트 마감 방식으로 초고를 썼는데요. 그때는 작가님이 원고 쿠폰을 만들었어요. 카페에서 주는 도장 열 개 찍으면 한 잔 무료 같은 쿠폰 있잖아요. 그것처럼 써야 할 원고 개수를 동그라미로 표시해 두고 쓴 만큼 스탬프를 찍으며 원고 작업을 했습니다. 얼마나 썼고, 또 얼마나 써야 하는지 눈으로 보이니까 훨씬 동기부여가 되더라고요.

물론 스프린트 마감을 부담스러워하는 작가나 편집자도 있습니다. 어디까지나 한 가지 방법이라는 걸 감안해 주세요. 특히 '회고 미팅'에 부담을 느끼는 경우가 꽤 있었는데요. 미팅 대신 이메일로 회고해도 됩니다.

그럼에도 제가 굳이 '회고 미팅'이 중요하다고 말씀드리는 이유가 있어요. 회고라는 명목이 있긴 하지만 별다른 이슈 없이 굳이 만나는 건, 만날 날이 정해져 있으면 작가는 어떻게든 쓸 수밖에 없거든요. 예정된 미팅이 마감에 좀 더 무게감을 실어 주지요. 특히 첫 책 작가는 이렇게 써 나가도 되는지 계속 불안할 수밖에 없는데, 중간중간 편집자와 이야기를 나누며 안심하고 다시 써나 갈 용기와 동력을 충전할 수 있다는 장점도 있습니다. 무거운 마음으로 미팅에 왔던 작가들은 미팅 후 힘에 넘쳐 돌아가곤 했는데요. 이 회고 미팅의 마법은 며칠 후까지 효력을 발휘하고는 모니터 앞에서 서서히 녹아 사라진다고 하더라고요. 마치 우리가 휴가 후 복귀했을 때의 경험과 비슷하지 않을까 싶어요. 이것이 바로 정기적으로 만나야 하는 이유입니다.

늘 바쁜 편집자 입장에서는 작가를 자주 만나는 게 부담스러울 수 있어요. 하지만 만남 자체가 '편집'의 과정이 되어 주더라고요. 집필 과정에서 이미 원고의 내용은 물론이고 작가의 의도와 생각의 흐름도 파악하고 있으므로 이후 작업에서 오히려 시간이 크게 단축됩니다. 전체 원고가 입고는 되었는데 기존 기획 의도와 상당히 달라서 대대적으로 수정해야 하는 위험한 상황이 생길 리도 없고요. 원고 내용이 이미 머릿속에 있으니 평소에도 그 책의 편집 구성·홍보 메시지·디자인·마케팅이나 사은품 아이디어 등까지도 떠올리기 수월합니다. 원고가 마치 '기획의 그물'의 씨줄이나 날줄처럼 활약하는 거예요.

그리고 무엇보다도, 이렇게 함께 집필하는 과정을 거치고 나면 서로 신뢰가 쌓일 수밖에 없습니다. '함께 만들어 간다'는 감각도 또렷해져요. 이렇게 쌓은 시간은 집필을 마치고 책을 만드는 과정에서 큰 힘을 발휘합니다.

이미 몇 권의 책을 출간했고, 마감을 어기는 법이 없는 한수희 작가님과도 『무리하지 않는 선에서』를 스프린트 마감제로 진행했던 건 이 때문이었습니다. 13개월 정도 이어진 집필 기간 동안 자주 소통하고 만나며 시간을 쌓았어요. 작가님과 오래 함께하고 싶었거든요. 첫 책 작가뿐 아니라 과정을 함께하고 싶고 또 그것에 동감하는 작가님이 있다면 한번 시도해 보세요. 지나고 보니 이 시간이 책 만드는 과정에서 가장 오래 기억에 남더라고요.

{ 4 }
첫 책 작가를 돕는 두 가지 문서
책 만드는 여정 지도와 계약서 설명서

여러 차례 말씀드렸듯 누군가의 첫 책을 만든다고 해서 책 만드는 과정이 완전히 달라지는 건 아네요. 그럼에도 첫 책을 맡은 편집자가 특별히 해야 할 일이 무엇일지 생각해 본다면, 첫걸음을 딛는 작가에게 출판 전반에 대해 안내하는 것이 아닐까 싶어요. 나를 믿고 이 세계에 첫걸음을 디딘 작가에게 이 세계가 어떻게 이뤄져 있고, 운영되는지, 또 이곳에서 쓰이는 언어는 무엇인지 알려주는 역할요.

저에게는 특히 첫 책 작가들을 위해 만든 두 가지 문서가 있는데요. 책이 만들어지는 과정을 정리한 '책 만드는 여정 지도'와 계약서에서 눈여겨보아야 할 부분을 해독한 '계약서 설명서'입니다.

책 만드는 여정 지도

첫 책 작가에게는 작업을 시작하기 전에 반드시 꼭! 꼭! 책 만드는 과정을 처음부터 끝까지 쭈욱 훑으며 설명합니다. 지금 당장은 전부 이해하기 어렵다는 걸 알면서도, 그래도 합니다. 팬데믹 이전에는 대면 미팅에서 종이에 그려 가며(혹은 허공에 그림을 그리며) 설명하곤 했는데, 비대면 미팅이 잦아지면서 문서로 만들어 공유하기 시작했어요. 문서가 되니 정말 지도 같더라고요. 이 지도는 이름 그대로 책을 만드는 동안 우리가 거쳐야 할 여정을 담은 것입니다. 기획에서 시작해 제작까지 어떤 과정을 거쳐 책 한 권을 만드는지, 그 단계마다 각자 역할과 할 일이 쓰여 있어요. 지도를 펴 놓고 여정을 설명할 때 작가가 원고 집필 외에 어떤 일을 해야 하는지, 편집자는 어떤 역할을 하는지 구체적으로 설명해요.

사실 이 문서는 첫 출판사에 입사했을 때 받았던 업무 흐름도에서 아이디어를 얻었어요. 출판사에 취직하기는 했지만 편집자는 어떤 일을 하는지, 이제부터 뭘

해야 할지 잘 알지 못했습니다. 첫 출근날, 앞으로 일하는 데에 도움이 될 거라며 선배가 몇 가지 파일을 건네주었어요. 회사의 교정교열 원칙 모음이라든가 당시에는 암암리에 편집자들 사이에서 공유되던 열린책들 매뉴얼·외주 작업 비용 단가표·제작 용어 정리표 등이 폴더에 담겨 있었는데 알 듯 말 듯한 말들로 쓰인 문서들을 보며 어쩐지 진짜 어른의 세계에 발을 디딘 듯해 설레면서도 두려웠습니다. 복잡한 감정이 밀려오고 쓸려가기를 반복하던 그때, 눈을 뗄 수 없는 문서 하나를 발견했어요. 업무 흐름도였습니다.

한 장이 무겁게 느껴질 만큼 빼곡하게 짜인 그 문서는 복잡한 전기회로도 같기도, 수학 문제 풀이처럼 보이기도 했어요. 기획에서 시작해 집필·편집·디자인·제작·멀티미디어 제작·프로모션 행사·광고와 홍보 등 단계별 할 일과 책임 부서가 쓰여 있었고, 과정과 과정을 잇는 화살표 아래에는 공정마다 기준이 되는 소요 시간, 출간일로부터 역순으로 계산한 일정까지 적혀 있었어요. '책 한 권 만드는 게 이렇게 복잡하다고?! 이 일을 다 해야 한다고?!' 진심으로 놀랐습니다. '책을 만든다'는 간결한 문장에 속은 듯했어요.

그 업무 흐름도는 3년 차가 될 무렵까지 업무 노트

맨 앞장에 붙어 있었어요. 망망대해를 건너려는 제 손에 쥐어진 유일한 지도 같았거든요. 지도는 내가 어디쯤 있는지, 다음은 누구와 어디로 가야 하는지 알려 주었습니다. 책 한 권을 마치고 다음 책을 시작할 때면 그 전기회로도 같은 문서를 펼쳐 놓고, 수학 문제 풀듯 일정을 짰어요. 신기하게도 일정은 늘 며칠 부족했습니다. (지금도 그런데, 왜 그럴까요?) 힘겨운 고비를 넘긴 날에는 지도를 펼쳐 보곤 했어요. 복잡하게 이리저리 뻗어나가던 화살표가 마침내 '출간'에 이르는 걸 보면, 어떻게든 끝이 있다는 것이 위안이 되기도 했습니다.

책 만드는 여정 지도를 첫 책 작가에게 건넬 때면 그때의 저를 떠올리곤 합니다. 설레지만 망망대해에 놓인 듯한 막막함. 아마 작가도 그러지 않을까 하고요. 지도를 살펴본 작가는 대부분 놀라더라고요. 그분들도 '책을 낸다'라는 설레는 문장 속에 이렇게 어마어마한 일들이 숨어 있는 줄 몰랐던 거죠. 자신이 해낼 수 있을지 모르겠다고 망설이는 예비 작가에게는 촘촘한 지도가 아니라 약도를 그려 주기도 했어요. 죄송합니다. 속이려 했던 것은 아닙니다만, 자세히 알수록 분명히 겁낼 테니까⋯⋯. 지도에는 이런 설명도 덧붙였습니다.

①과정마다 어떤 작업인지, 어떻게 진행되는지, 소요 시간은 어느 정도인지 구체적으로 밝혔습니다. 이때 실제 책을 보여 주며 설명하면 더 좋습니다. 예를 들어 '본문 디자인' 단계라고 한다면 책의 본문 판면을 펼쳐서 "이것을 본문 디자인이라고 해요. 저희가 디자인 콘셉트와 구성을 정리한 후 디자이너에게 의뢰합니다. 시안 작업은 보통 일주일에서 열흘 정도 걸리고, 대개 두세 개 정도의 디자인 시안이 나와요. 이때 작가님께도 의논드리는데요. 의견을 취합해 편집팀에서 최종적으로 결정하고 수정한 후 디자인을 완성합니다. 표지 디자인은 이때 작업하지 않고 좀 더 이후에 작업해요" 정도로 설명했습니다.

②화면교(PC교)·조판·교정지·1교처럼 편집 과정에 쓰이는 용어 설명도 중요합니다. 우리는 매일 쓰는 말이지만 처음 듣는 사람에게는 낯선 외국어나 다름없거든요. 출판 용어를 배운 작가들은 진정으로 출판계에 발을 들인 것 같다며 뿌듯해하고 재밌어하기도 했어요. 친구들에게 "이게 무슨 말인지 알아? 이게 말이지……" 하고 자랑했다는 분도 꽤 있었어요.

③각 과정의 담당이 누구인지(작가·편집자·디자이너 등), 최종 결정은 누가 하는지 알려 줍니다. 예를

들어 본문 디자인 작업은 편집자가 진행·관리하고, 디자이너가 담당하고, 결과물은 작가와 협의하되 최종 결정은 편집자(팀)가 한다는 식으로요. 선택하고 결정해야 할 일이 수두룩하므로 본격적으로 작업을 시작하기 전 각자의 영역 및 최종 결정권자에 대해 짚고 넘어가는 편이 좋습니다.

④ 작가가 해야 할 일을 정확히, 미리 알려 줍니다. 초고가 완성되면 편집자와 피드백을 주고받으며 수정 작업을 하는 과정이 필요하다거나, 교정지가 나왔을 때 '작가 교정'이라는 단계가 있다는 것 등이 해당합니다. 초고만 넘기면 끝나는 걸로 생각하는 분도 많거든요. 작가가 일정을 확보하도록, 또한 마음의 준비를 할 수 있도록 꼭 조율해 둡니다.

⑤ 시작부터 끝까지 편집자가 프로젝트매니저가 되어 진행한다는 걸 인지시킵니다. 편집자가 어떤 일을 하는지 몇 마디로 설명하기는 쉽지 않아요. 하지만 여정 지도를 설명한 끝에 이 모든 과정을 편집자가 함께한다고 덧붙이면 좀 더 쉽게 이해하기도, 또 안심하기도 하더라고요.

⑥ 초고 입고일을 결정하면, 그로부터 얼마 후 언제 책이 출간될지 어림잡아 알려 줍니다. 구체적인 날짜는

작업하는 데에 동력이 되어 주기도 해요. 물론! 변수가 매우 많으니까 일정이 미뤄질 수 있다는 것도 꼭 알립니다.

⑦ 실제로 작업에 들어가면, 과정마다 다시 설명합니다. 한 번 듣고 이 복잡한 과정을 이해하는 건 불가능해요. 다음 단계로 넘어갈 때마다 한 번 더 설명해 주세요.

⑧ 혹시 보통의 출판사에서는 거치지 않는 소속 출판사만의 과정이 있다면, 첫 책 작가가 아니더라도 공유합니다.

이렇게 공유한 후 실제 작업에 들어가면 당연히 좀 더 수월하겠죠. 계약을 망설이는 작가를 설득할 때도 유용한데요. 편집자의 역할을 잘 모르는 경우 작가 혼자 모든 걸 해야 하는 걸로 알았다는 분도 꽤 있었어요. 모든 과정에 편집자가 함께한다는 것, 과정마다 전문가 협업자가 있다는 것을 알면 예비 작가가 안심하고 출간 결심을 하는 경우도 있었답니다.

편집자		저자

기획/편집 구성 작업

❶ 이야기 나누었던 책의 콘셉트, 주제를 좀 더 명확히 정리합니다. 글과 구성요소(이미지 등)를 어떻게 배치할지 등 편집 구성을 작업합니다.

❷ 편집팀과 긴밀하게 협의합니다.

초고 집필

❸ 결정한 기획 방향으로 집필합니다.

초고 완고

❹ 집필 과정, 혹은 집필 완료 후 수정/보완을 위해 피드백을 합니다.

❺ 피드백을 참고해 원고를 수정하며 탈고합니다.

PC교

❻ 원고를 파일 상태에서 교정교열합니다. '화면교'라고도 부릅니다.

본문 디자인

❼ 원고를 바탕으로 디자이너에게 의뢰합니다. 보통 2~3개의 시안이 입고됩니다.

❽ 편집팀이 공유한 시안을 두고 협의합니다. 이 과정을 저자와 공유하는지 여부는 출판사마다 다릅니다.

❾ 의견을 취합해 편집팀이 시안을 최종 결정합니다. 이때 디자인을 수정하기도 합니다.

본문 조판

❿ PC교를 끝낸 원고를 확정한 본문 디자인에 얹는 작업을 디자이너가 합니다.

1교

⓫ 조판이 끝나면 드디어 첫 번째 교정지가 나옵니다. 교정지는 마치 책 본문과 같은 건데요. 교정교열 작업을 보통 3회 이상 진행하며 책에 가깝게 만들어 갑니다. 이때 첫 번째 교정을 1교라고 부릅니다.

제목 결정

⓬ 제목은 보통 편집팀이 안을 마련해 저자와 공유하고 협의하는 과정을 거칩니다. 좋은 제목이 나오지 않으면 좀 더 뒤로 미뤄지기도 합니다.

⓬ 편집팀과 논의하고 협의합니다.

2교

⓭ 두 번째 교정을 봅니다.

⓭ 저자 교정을 봅니다. 교정지 상태로 원고를 교정하거나 수정하는 작업입니다. 책으로 출간하기 전 마지막으로 원고를 만질 기회입니다. 보통 1회 진행하나 경우에 따라 그 이상이 될 수도 있습니다.

표지 디자인 의뢰

⓮ 의견을 취합한 후 편집팀이 최종 결정한 제목으로 표지 디자인을 의뢰합니다.

3교

⓯ 세 번째 교정을 봅니다.

표지 결정

⓰ 편집팀, 저자, 마케팅팀 등의 의견을 담당 편집자가 최종 취합해 표지를 결정합니다.

⓰ 편집팀과 논의하고 협의합니다.

OK교

⓱ 최종, 최최종 교정지입니다. 완성한 OK교 모습대로 책이 나옵니다.

⓱ 이렇게 책으로 나온다,라는 걸 마지막으로 확인합니다. 중대한 오류를 제외하고 수정 작업은 지양합니다. 사고가 날 수 있습니다.

제작

⓲ 드디어 제작이 시작됩니다!

계약서 설명서

말 그대로 계약서 내용을 설명한 문서입니다. 계약서를 해독한 거예요. 한자에도, 문서에도 약한 저는 보험이나 은행의 계약서나 문서에서 알 수 없는 용어와 문장을 볼 때 좌절했던 적이 한두 번이 아니에요. 그런데 편집자가 되니 누군가에게 계약서를 내미는 입장이 되었습니다. 게다가, 제법 자주 말이에요. 처음에는 그게 두려워서 저를 위한 계약서 관련 문서를 만들었어요. 작가들이 제게 질문했을 때를 대비한 일종의 FAQ 모음 같은 거였는데요. 선배들과 관련 부서에 물어봐서 작성했어요.

그런데 작가에게 계약서를 보내고 검토 후 의견을 달라고 요청하면 많은 분이 어떻게 검토할지도 모르겠다 하더라고요. 그래서 제 FAQ 모음을 바탕으로 아예 계약서 설명서를 만들어 계약서 사인 전 서면 검토를 요청할 때 함께 보냈습니다. 첫 책 작가에게는 자세한 버전, 기출간 작가에게는 덜 자세한 버전으로요. 계약서는 회사마다 다를 텐데요. 표준 계약서를 기준으로 참고할 부분만 발췌하자면 설명서에는 이런 내용을 담았습니다.

① 출판권·전송권·저작권의 개념부터 설명합니다. 출판 계약을 하면 저작권을 넘기는 것으로 아는 분이 생각보다 많아요. 저작권은 작가에게 있고, 출판과 전송의 권리가 출판사에 있다는 걸 알립니다. 물론 양도 계약서가 아닌 경우예요.

② 계약금·선인세와 인세 개념도 중요합니다. '계약금'과 '선인세'는 각각 지급하는 게 아니라, 선인세를 계약금으로 지급한다는 것. 이때 선인세는 인세에 포함된 것으로 이후 발생할 초판 인세에서 미리〔先〕 지급하는 인세이며 보통 50만 원~100만 원 범위라는 것도 안내합니다.

③ 초판 부수도 회사마다 타이틀마다 다르겠지만 통상 2천 부에서 적으면 1천 부, 많으면 3천 부라는 것도 알려 주세요.

④ 인세 계산법은 예시 계산으로 보여 주세요. 인세 계산법은 '책의 정가×인세×부수'인데, 예를 들어 책의 정가가 10,000원, 인세 10퍼센트, 초판 부수 2,000부라면 초판 인세는 10,000원×10퍼센트×2,000부=2,000,000원이 인세입니다, 라는 식으로요. 이때 선인세로 1,000,000원을 지급했다면 초판 인세로 받는 금액은 그걸 뺀 1,000,000원이라는 것도 차근차근 설명합니

다. 종종 책만 쓰며 살고 싶다 진지하게 말씀하시는 분께는 인세를 설명한 후, 이래서 쉽지 않다고 말씀드리기도 합니다.

⑤ 인세 지급 방법(실판매 기준, n쇄-1 기준 등)과 지급 시기(분기별, 재쇄 시기별 등)를 헷갈리는 분도 많습니다. 역시 예시를 들어 실제로 계산하며 설명해 주면 좋아요. 초판 부수의 백 퍼센트를 인세로 지급하는 회사의 경우, 아직 팔리지 않았는데도 초판 부수만큼 인세로 지급하는 것은 일종의 보장 인세라는 점도 설명합니다.

⑥ 제안하는 인세율의 근거를 밝혔어요. 일단 보통의 최대 인세율은 정가의 10퍼센트인데, 이때 작가가 책에 담길 콘텐츠를 완전하게 마무리해 출판사에 전달할 수 있는지가 10퍼센트의 기준이 된다는 점, 그 밖에도 작가의 인지도·판매 과정에서 작가의 기여도 등 여러 요소가 반영되기도 한다는 점을 덧붙여 설명합니다. 10퍼센트보다 낮은 인세를 제안할 경우는 편집부의 기여도가 통상의 책보다 높을 때, 부가 콘텐츠(그림·사진 등)가 있어야 초고가 완전해질 때 등이 있다는 것도요.

⑦ 판매 방식이 다르거나 구성품이 있는 세트 상품 등 보통의 책과 다른 조건이 있을 경우 이를 충분히 설명합니다.

⑧ 계약서에 약점이 있다면 미리 밝힙니다. 작가에게 불리하게 작용할 수 있거나, 해석의 여지가 있는 부분을 사실 그대로 전합니다. 타 출판사와 다르거나 특별한 조항이 있는 경우도 마찬가지예요.

많은 작가가 출판사보다 편집자를 믿고 작업을 시작합니다. 첫 책 작가는 더더욱 그렇죠. 나를 믿고 계약서에 사인하는 협업자이자 동료의 눈을 가리거나, 불이익이 생기는 일이 없기를 바라는 마음은 모두 같을 거예요. 그러려면 소속한 회사의 계약서를 내가 잘 알고 있어야겠더라고요. 관행으로 유지하는 계약도 다시 들여다볼 필요가 있습니다. 이렇게 해 왔으니까 괜찮겠지, 하고 안일하게 생각하기에 계약은 크고 중요한 문서예요. 새로운 회사에 입사했을 때 해야 할 일 리스트에 꼭 추가해 주세요. 회사 계약서 익히기! 그리고 그 김에 계약서 설명서를 만들어 두면 좋겠지요?

이렇게 길게 계약서 이야기를 한 건 제가 계약서를 숙지하지 못해 작가에게 불이익을 준 경험이 있어서예요. 작가와 회사 사이에서 작가의 입장을 생각하는 유일한 사람이 편집자인데 그 역할을 제대로 못했다는 죄책감 때문에 저는 늘 계약서 앞에서 긴장합니다. 계약을 하게끔 작가를 설득하는 것도 편집자의 일이지만, 계약서를 제대로 작성하는 것도 편집자의 중요한 일이었어요.

물론 회사에서 정한 계약서 자체에 어떤 문제가 있는 경우, 직원인 편집자가 계약서 조항을 바꾸는 건 현실적으로 쉽지 않습니다. 예민한 부분을 지속해서 문제 삼아 조금씩 고치고 바꿔 나가는 게 그나마 방법이었어요. 무엇보다 어디에도 떳떳하게 내놓을 수 있는 계약서가 편집자에게 동력이 되기도 한다는 걸 회사들도 알았으면 합니다. "대표님, 그 계약서로는 일하기 어렵다고요."

{ 5 }

피드백, 원고로 나누는 대화

들어도 안 들어도 불안한 편집자의 칭찬

모든 피드백이 어렵지만 그중 으뜸은 원고 피드백입니다. 정답 없는 문제를 풀고 있는 듯한 기분이 들어요. 내 판단이 맞는지, 이 방향이 원고를 더 나아지게 하는지, 끊임없이 나를 의심하게 됩니다. 문제는, 그것만으로도 고통스러운데 또 한고비를 넘겨야 합니다. 긍정적인 피드백은 그렇다 쳐도, 부정적인 피드백(수정·삭제 등)은 어느 수준까지 어떻게 전해야 할지 늘 난감해요. 작가의 시간과 경험, 마음과 노력, 아니 그 사람의 전부를 쥐어짜서 쓴 원고라는 걸 아니까요. 내 의견을 작가에게 전달할 적절한 언어도 찾아야 하니, 그야말로 산 넘어 산이에요.

앞서 소개한 스프린트 방식으로 초고 작업을 할 때는 딱 두 가지 피드백만 했습니다. 크게 방향이 어긋나지 않도록 길잡이가 되어 주는 내비게이터로서의 피드백, 지치지 않고 좌절하지 않고 계속 써 나갈 수 있도록 응원하는 치어리더로서의 피드백. 이때는 글의 구성이나 문장에 대해서는 구체적으로 피드백하지 않았어요. 이 시기에 가장 중요한 건 앞으로 앞으로 나아가는 것이니까요. 첫 책 작가든 여러 권을 쓴 작가든 마찬가지입니다.

생애 처음 초고를 쓰는 작가라면 반드시 여러 번 인지시키는 것이 있는데요. 지금 쓰는 원고가 그대로 책이 되는 것이 아니고, 편집부의 피드백을 받고 원고를 수정하는 단계가 (여러 번) 있다는 것입니다. 이대로 책이 나오면 어떻게 하지?! 하고 불안해하는 첫 책 작가들이 꽤 많더라고요. 에이, 설마 아니겠지…… 하면서도 불안하다는 이야길 여러 번 들었어요. 반대로 초고를 쓰면 내가 할 일은 끝!이라고 생각하는 작가도 있습니다. 초고 마감 후 수정 작업을 해야 한다고 말씀드리면 할 일이 다 끝난 줄 알았는데…… 하고는 잔업 과제를 받아 든 것처럼 따분한 표정을 짓는 분도 있었어요. 편집자에게는 피드백 - 수정 과정이 너무나도 당연하니까 미리 말하지 않고 바로 진행할 수 있는데요. 기억해 주세요. 첫 책 작가는 모든 게 처음입니다. 과정마다 작가에게 설명해 주세요. 지금 진행되고 있는 일과 진행할 일 그리고 우리가 책 만드는 과정에서 어디쯤 와 있는지를요.

어쨌든 수정 과정이 있음을 강조하는 데는 여러 가지 의도가 있습니다. 이후에 작가가 해야 할 일을 미리 알리는 것이기도 하고, 당신이 힘들게 쓴 원고가 수정(그리고 삭제·보완)될 수도 있다고 미리 마음의 준비를 시키는 역할도 합니다. 그리고 무엇보다 나중에 고칠 기회가 있으니 일단 앞으로 나아가 보자는 안심 장치의 역할도 합니다. 다만 이후 수정 과정에서 처음부터 다시 쓰고 싶다고 하거나, 2교지·3교지에서도 원고를 수정하고 싶어 하는 분들이 있으므로 수정 범위와 기간도 미리 알려 주세요. 파일 상태에서 피드백을 주고받으며 수정하는 것은 가능하나, 조판 이후에는 신중하게 수정해야 한다는 걸요.

어느 위대한 작가와 전설적인 편집자의 경우

전 세계에서 가장 유명한 편집자는 맥스웰 퍼킨스가 아닐까 싶어요. 어니스트 헤밍웨이·스콧 피츠제럴드·토머스 울프 등을 발굴하고 담당 편집한 전설적인 편집자입니다. 『디어 개츠비』는 스콧 피츠제럴드와 맥스웰 퍼킨스가 21년간 나눈 편지를 묶은 책이에요. 저는 작가에게 어려운 편지를 써야 할 때, 특히 예민한 부분에 피드백하거나 답해야 할 때 이 책을 꺼내 봅니다. 1919년부터 시작해 1940년 피츠제럴드가 갑자기 세상을 떠나기 직전까지 두 사람이 주고받은 편지 속에는 책을 쓰고 만들고 파는 과정에서 작가와 편집자가 나눌 만한 이야기가 전부 담겨 있어요.

놀라운 건 백여 년 전, 그것도 저 멀리 미국, 다른 사람도 아니고 『위대한 개츠비』를 쓴 위대한 작가와 전설이 된 편집자가 나눈 편지인데 전혀 낯설지 않다는 점입니다. 피츠제럴드가 퍼킨스에게 보낸 편지가 제 메일함에 담겨 있다 해도 이상하지 않을 정도예요. 교정쇄를 주고받으며 원고 수정 의견을 나누고, 출간일을 논의하고, 인쇄 직전까지도 제목에 대해 논쟁하고, 출간 후 기대보다 판매가 저조해 낙심한 작가를 편집자가 다독이고, 비평가들의 부정적인 서평에 함께 분노하고, 중쇄를 언제 찍을 수 있을지 손꼽아 기다리는 등등 그 내용은 책 만드는 오늘의 우리가 나누는 대화와 다를 바가 없습니다.

『디어 개츠비』에 등장하는 편지 중 가장 격렬하게 작가와 편집자가 의견을 나누는 대목도 원고 수정을 위한 피드백을 주고받을 때였습니다. 피츠제럴드가 신인이던 시절, 수정한 단편소설집 원고에 대해 편집자 퍼킨스에게 묻습니다. 마구 쳐냈는데 좀 나아진 것 같냐고요. 퍼킨스는 수정한 부분이 모두 좋아졌다며, 딱 한 구절만 작가가 의도한 대로 전달되기에 무리인 것 같다고 간략하게 의견을 전합니다. 이에 피츠제럴드는 잔뜩 흥분해 긴 답장을 보냅니다. 그 구절이 얼마나 중요한지 구구절절 설명하며 당신의 지적은 옛날 사람 같은 생각이고, 내 아내와 주변 사람은 그 부분을 퍽 마음에 들어한다고. (작가님들, 책에 있어서만큼은 가족이나 주변 사람보다 편집자를 신뢰하셔야 합니다.) 그러고는 당신은 그저 두려워서 그 부분을 잘라 내려고 하는 거라며 퍼킨스의 속마음까지 멋대로 재단해 버려요. 유쾌하지 않은 편지입니다. 부디 제 메일함에는 도착하지 않았으면 하는 편지요.

궁금했습니다. 전설의 편집자 퍼킨스는 이 신인 작가에게 뭐라고 답을 할까 싶었어요. 놀랍게도 답장은 이렇게 시작합니다.

친애하는 피츠제럴드 선생.

부디 제 판단에 따르지 마십시오. 중요한 부분에서는 더더욱 그렇습니다. 제가 선생을 강요했다면 참으로 부끄러운 일입니다. 어떤 경우이건 작가는 제 목소리를 내야 하는 까닭입니다.

이럴 수가, 문제 있는 부분을 이대로 두고 넘어간다는 건가?! 싶었는데, 이어서 퍼킨슨은 자신이 이의를 제기한 부분에 대해 차분하고 단호하게 의견을 밝혀요. 그 구절의 내용에 문제가 있어 삭제하자는 게 아니라, '독자에게' 오해 없이 의도대로 잘 전달되도록 표현을 수정하자고 제안한 것이라고 말하며, 그 구절이 사회적·역사적인 가치 면에서, 독자의 인식과 작품 내에서 미치는 영향 등을 수정 근거로 댑니다. 그리고 이 모든 것은 '내용에 동의하는 사람조차 등을 돌리는 일이 없도록' 하기 위함이라며, 그 구절을 어떻게 수정하면 좋을지 예시까지 덧붙입니다.

분명 수정할 곳을 지적하고, 그게 왜 문제인지 따지고, 수정하는 게 좋겠다고 두 번이나 강조하는데 이 편지를 읽다 보면 기분이 나쁘기는커녕 이 사람을 더 믿고 싶어집니다. 대체 이런 피드백은 어떻게 할 수 있는 걸까요. 대선배 편집자님의 통찰력은 따라갈 수 없겠지만, 그 흉내라도 내고 싶어 편지를 여러 번 읽으며 비법을 찾으려 했어요. 한 가지는 알 듯했습니다. 퍼킨슨의 태도. 인용한 첫 문단에 그 힌트가 있었습니다.

작가가 제 목소리를 내는 걸 반긴다. (물론, 이 목소리가 비상식적이거나 예의와 존중이 없을 땐 제외하기로 합니다.) 편집자의 판단에 따르지 않아도 된다는 가능성을 열어 둔다. (물론 명확하게 사실이 아니거나, 틀린 부분, 문제의 소지가 있는 부분은 수정해야 합니다.) 논쟁이 아니라 논의라는 걸 잊지 않는다. (우리의 목표는 모두 같으니까. 좀 더 좋은 책을 만들고 싶다는 것.) 이 모든 걸 종합해 보니 퍼킨슨의 태도는 신뢰와 지지를 바탕으로 하고 있었어요. 이런 단단한 태도로 건네는 말은 힘이 다를 수밖에 없을 겁니다.

이는 단지 퍼킨슨만의 일방적인 태도가 아닙니다. 두 사람이 주고받은 수백 통의 편지에는 어떤 대화를 나누든 서로를 신뢰하는 마음이 그대로 묻어납니다. 수정할 부분이나 제목에 대한 의견이 엇갈려도, 출판사가 광고를 덜 해 준다고 작가가 불만을 토로하고 이를 해결해 갈 때도, 작가가 다른 출판사와 작업할 거라는 소문을 해명하는 과정이나 퍼킨슨이 담당한 또 다른 작가에게 피츠제럴드가 질투심을 느꼈다고 고백하던 편지에서도, 출판하기에 부족한 원고이지만 어떻게든 출간해 보자고 힘을 모으거나 더 이상 피츠제럴드가 글을 쓰지 못하고 독자들에게 잊혀 가던 때조차 이들은 서로를 신뢰했습니다. 편집자와 작가가 이토록 서로를 신뢰하고 지지했기 때문에 첫 책을 만들 때부터 작가가 죽는 날까지 20여 년간 동료로서 작업을 이어 가고 『위대한 개츠비』라는 세계적인 소설을 펴낼 수 있었을 거예요. 이들의 편지를 읽다 보면 그 관계가 부러워집니다.

작가와 편집자가 신뢰하고 지지하는 마음. 출판 교과서에 나올 법한 원론적인 이야기입니다. 현실은, 현실에는 빌런처럼 등장해 편집자의 자존감과 열정을 갈아먹고 사라지는 이들도 있고, 신뢰니 지지니 하는 마음이 사치스러울 만큼 쫓기며 책을 만들어야 하는 환경도 흔합니다. 그 모든 걸 감내하자는 건 아니에요. 신뢰든 지지든 안정된 환경에서 '서로'여야 힘을 발휘할 수 있으니까요. 그런데도 교과서 같은 이야기를 꺼낸 건 기본을 잊지 않기 위해서입니다. 기본은 잊히기도 쉽고 실제 일에 적용하기는 더더욱 어려우니까요.

다시 돌아가, 퍼킨슨의 저 놀라운 편지를 받은 피츠제럴드는 뭐라고 답했을까요? 싹싹하게 사과하고 그 부분을 수정했습니다. 퍼킨슨은 수정해 줘서 기쁘다며 앞으로도 항상 자유롭게 의견을 말해 달라고 해요. 그러나 훗날 두 사람은 『위대한 개츠비』를 만들며 제목을 두고 또 한 번 크게 충돌하는데요. 흥미진진합니다. 꼭 책을 읽어 보세요.

아래는 제가 작가에게 피드백할 때 염두에 두는 것들의 목록입니다.

① 작가는 수정 작업에 예민할 수밖에 없어요. 시험 결과를 받듯 불안해하기도 하고, 그 결과에 낙심하기도 하고, 분노하기도 합니다. 어떤 감정을 느끼든 편안한 쪽은 아니에요. 칭찬을 뺀 모든 피드백은 기분을 상하게 할 수밖에 없습니다. 머리로는 이 책을 위한 건설적인 의견이라고 생각할지라도 사람 마음은 그렇지 않아요. 우리도 기획안 피드백을 받을 때 경험하잖아요. 분명 그 기획이 더 나은 방향으로 나아가는 데에 도움이 되는 피드백일지라도 씁쓸한 뒷맛이 남지요. 반면 피드백이 반가울 때도 있습니다. 내가 믿고 따르는 사람의 피드백은 한 마디 한 마디가 귀하잖아요. 피드백을 잘하려면, 작가가 피드백을 의미 있게 발전시키도록 독려하려면 서로 신뢰부터 쌓아야 합니다. 책 만드는 모든 과정이 그

렇지만, 특히 원고 피드백과 수정 단계에서 신뢰는 중요합니다. 작가의 콘텐츠와 역량에 대한 신뢰는 물론이고 잘 해낼 거라는 믿음도 중요합니다.

그렇다면 신뢰는 어떻게 쌓아야 할까요? 내가 믿는 사람을 한번 떠올려 보세요. 그 사람은 나를 어떤 태도로 어떻게 대하나요? 나는 그 사람에게 어떻고요? 지금 떠오르는 그 마음과 장면을 작가와 나누면 됩니다. 그런데 알다시피 신뢰감은 단번에 마법처럼 생기지 않고, 어느 정도 시간이 필요해요. 앞서 추천한 스프린트 마감 방식은 마감을 관리하는 방법으로서도 유용하지만, 서로 신뢰를 쌓는 데에도 큰 도움을 줍니다. 다시 한번 추천해요.

②피드백 과정을 처음 경험하는 작가 중에는 자신이 비판받거나 지적당하는 것처럼 느껴 위축되거나 불쾌해하는 사람도 있었습니다. 그래서 피드백 전에 일러두기처럼 전제를 붙이곤 합니다. 당신이 부족해서, 글이 별로여서 당신에게만 이렇게 피드백하는 것이 아니라고요. 이 단계는 모든 작가가 거치는, 책 만드는 과정의 일부라는 걸 알립니다.

③ 앞서 소개한 편집자 퍼킨슨의 피드백에서 또 하나 놀라웠던 건, 독자와 작가를 연결하는 사람으로서의 균형이었습니다. 균형. 말이 쉽지 무척 어려운 일입니다. 때문에 의식적으로 균형을 잡으려고 노력합니다. 피드백할 때는 매번 나를 의심합니다. '독자의 눈으로 보고 있는가? 혹시 개인적인 취향이나 성향으로 판단하고 있는 것은 아닌가?' 이런 질문을 하면서 균형이라는 감각을 떠올리는 것만으로도 한 번씩 자세를 바로잡게 됩니다. 마음을 다잡게 돼요. 주문을 외듯 나 자신에게 물어보세요. 제대로 하고 있다고 답했을지라도 혹시 스스로 속이고 있는 것은 아닌지 영점 조절하듯 계속 묻고 의심해야 합니다.

④ 글로 전달하는 피드백이 사실 더 어렵습니다. 이메일로만 수정 피드백을 해야 할 땐 톤앤드매너에 더 신경 씁니다. '작업 지시서'가 아니라 '수정·보완 작업 제안서'라는 걸 기억하세요. '단언'하거나 '지시'하지 않습니다. 의견을 제시한다는 태도를 유지하는 게 중요해요. 편집자가 출판 전문가이듯, 작가는 그 콘텐츠의 전문가이자 그 이야기를 경험한 주인공입니다. 편집자의 의견이 모두 정답은 아닙니다.

⑤ 파일 상태에서 원고 수정 피드백을 할 때는 다음 사항을 참조하세요.

A. 문서 프로그램의 주석·메모 기능을 활용합니다. 답이 확실한 교정교열 사항은 바로 수정하고(작가에게 이 부분을 미리 말해 둡니다), 문장 수정·보완·추가와 관련해서는 메모에 이유를 적고, 편집자가 제안하는 수정 문장이나 표현을 적습니다. 이것은 정답이 아니라 예시이므로 다른 방향으로 얼마든지 수정해도 좋다고 꼭 작가에게 알려 주고요. 피드백 작업을 하다 보면 수정 문장을 제시했을 때 제3의 새로운 대안을 내놓는 작가님들이 있어요. 그대로 가거나 제가 또 한 번 의견을 제시하기도 하는데요. 그렇게 핑퐁핑퐁 의견을 주고받다가 처음보다 훨씬 좋은 답을 함께 찾았을 때의 쾌감은 무척 큽니다. 찾아가는 과정도 결말도 모두 의미 있고요.

B. 문장마다 세부적으로 피드백하기 어려운 상황이라면(대부분 시간의 문제지요) 수정 샘플 원고를 만든 후 작가와 합의해 진행하는 방향도 있습니다. 편집자가 한두 꼭지를 샘플로 수정한 후, 어떤 방향으로, 어디에 초점을 두고 원고를 고쳤는지 수정 기준을 정리합니다. 작가가 자주 잘못 쓰는 문장 버릇이라든가, 지나치게 반

복하는 어휘나 표현 같은 것도 메모해 두세요. 그러고는 작가의 원본 글·수정한 샘플 글 그리고 수정 기준을 적은 걸 두고 작가와 이야기 나눕니다. 앞으로 이대로 수정해 나가도 될지 논의하는 거예요. 물론 작가가 직접 수정해야 할 부분은 역시 핑퐁핑퐁 주고받아야 합니다.

⑥ 비문도 아니고, 의미를 바꿔야 하는 것도 아닌데 그걸 편집자의 문체로 또는 작가의 고유한 특성을 지우고 다림질하듯 수정하는 것을 경계해야 합니다. 사람마다 특유의 말투가 있듯 글쓰기 훈련이 덜 되어 있는 작가일지라도 그만의 문체와 리듬이 있습니다. 자주 쓰는 단어와 버릇도 있고요. 원고를 검토하고 수정할 때 작가의 언어 사전(이 있는 것처럼 생각하고)에서 꺼내 써야 합니다. 편집자의 언어 사전에서 꺼내 쓰지 않기를요.

⑦ 긍정적인 피드백도 중요합니다. 원고에서 어떤 점이 좋았는지 구체적으로 말해 주세요. 이 문장에 밑줄을 그었다든가, 이 단어를 사용해서 이렇게 표현할 걸 보고 감탄했다든가 등등 구체적인 근거를 들어 격려합니다.

⑧ 신뢰를 바탕으로, 존중하는 톤앤드매너로, 균형 감각을 유지하며 신중하게 피드백하되 본질을 피해서는 안 됩니다. 우리의 목적은, 그 콘텐츠가 최고의 기량을 발휘하도록 하는 거니까요. 어떤 의견이든 명확하게 구체적으로 설명하세요. 불편하더라도 피드백을 주고받아야 합니다. 평가자로서가 아니라, 함께 길을 찾아나가는 동료로서요.

⑨ 외부 편집자나 교정교열 전문가가 원고를 검토하고 수정 제안서를 쓴다면, 반드시 담당 편집자가 확인해야 합니다. 작가에게 전달되는 의견은 담당 편집자·편집부, 나아가 출판사의 입장과 다름없습니다. 담당자가 동의하고 판단한 것만 작가에게 전달합니다. 저는 이런 경험도 있었는데요. 한번은 외부 편집자가 원고의 한 부분이 누군가를 비하하는 것으로 느껴질 수 있겠다는 의견을 준 적이 있습니다. 전혀 생각해 보지 않은 지점이었어요. 조금 과한 우려가 아닐까 싶었지만 고민하다가 그 고민을 작가에게 넘겼습니다. 이런 의견이 있는데, 어떻게 할까요 하면서요. 작가에게 알리고, 선택할 수 있게 하자는 것이 제 의도였지만, 작가에게는 그렇게 전해지지 않았습니다. 작가는 자신에 대해 전혀

모르는 외부 편집자의 지나친 확대 해석에 담당 편집자인 저도 동의한 걸로 느꼈다고 했어요. 왜냐면, 담당인제가 그 의견을 거르지 않고 전했으니까요. 그제야 저를 직시할 수 있었어요. 독자들이 정말 오해할까 봐, 그래서 문제가 생길까 두려웠던 거예요. 작가는 신뢰하지만, 저 자신을 믿지 못했기에 판단을 작가에게 맡기려 했고요. 작가에게 전해지는 피드백은, 누가 제기한 의견이든 담당자인 나의 의견과 같다고 간주됩니다. "출연자의 의견은 본 방송사의 견해와 다를 수 있습니다" 같은 경고 문구를 내세워 피할 수 없습니다.

⑩『베스트셀러』라는 영화가 있습니다. 아버지에게 물려받은 출판사가 매각을 고민할 만큼 기울어 가자 2대 대표이자 편집인인 루시가 고군분투하는 이야기예요. 루시는 회사를 살리려고 50년 전 초대박 베스트셀러를 출간하고 그 뒤로 단 한 번도 책을 내지 않은 작가 해리스를 찾아갑니다. 아버지가 유산으로 남긴 계약서 중에 해리스의 것도 있었거든요. 우여곡절 끝에 책을 출간하기로 했지만, 해리스는 나이도 어리고 실력도 의문인 루시에게 편집권을 주지 않습니다. 편집은 고사하고 단 한 글자도 손대지 못하게 해요. 하지만 예상하셨듯

루시와 해리스는 여러 사건을 함께 헤쳐 나가며 우정과 신뢰를 쌓습니다. 그 후 해리스는 루시에게 이런 내용을 담은 편지와 함께 원고를 유산으로 남깁니다.

네 덕분에 나는 두려움을 이겨냈어. 감사하는 마음 영원히 간직할게. 내 문제를 알 테니 너를 믿을게. 내게 모자란 건 네가 대신 채워 줘. 네가 옳다고 생각하는 대로 밀고 나가. 단호하고 용감하고 정직하게. (……) 어디 마음껏 뜯어고쳐 봐. 그리고 네 아빠 말이 백번 옳다는 것도 알아 둬. 너는 정말 최고야.

내 판단에 의문을 갖고, 늘 의심해야 한다고 강조하다가 이게 무슨 말인가 싶지요? 책 만드는 과정에서 우리는 자신을 의심하고 탓하고 좌절하는 순간을 자주 맞이할 수밖에 없습니다. 수없이 판단하고 결정해야 하는데, 심지어 정답조차 없으니까요. 특히 피드백을 위해 고민하고 판단할 때는 더더욱요. 하지만 결국 우리는 스스로와 스스로의 판단을 믿고 결정해야 합니다. 자기 확신 없이는 나아갈 수 없어요. 그때 누군가 네가 옳다고 생각하는 대로 밀고 나가라며 당신이 최고라고 말해 준다면, 얼마나 힘이 날까요. 영화를 보고 생각했습니다.

누군가 말해 주는 것도 좋지만, 나부터 스스로에게 말해 줘야겠다고요.

　피드백을 할 때 마지막으로 염두에 두는 것은 이겁니다. 단호하고 용감하고 정직하게. 옳다고 생각하는 대로 밀고 나가자. 이만큼 고민하고 생각했으면 됐다. 나를 믿자. 책을 읽고 있는 여러분도 마찬가지예요. 그만큼 고민하고 노력했다면, 자신을 믿어 봐도 됩니다. 우리는 생각보다 더 뛰어나더라고요.

{ 6 }

첫 책 작가가 빠지기 쉬운 다섯 가지 함정

걱정과 고민 해결을 돕는 작은 방법들

첫 책 작가에게는 책 만드는 과정도 처음이지만, 과정마다 경험하는 감정 또한 처음입니다. 책을 쓰기로 결심했을 땐 예상하지 못했던 감정을 처리하느라 무척 힘들어하는 분도 많고요. 아래는 첫 책 작가들이 자주 꺼내던 걱정과 고민 리스트예요. 담당 편집자로서 어떻게 도울 수 있을지 저만의 작은 방법들도 정리해 봤어요.

　"저같은 사람이 무슨 책을 낸다고……"

　"이런 이야기에 관심 가질 사람이 있을까요?"

　초고를 쓰는 중에도 듣지만, 특히 첫 책을 제안할 때 예비 작가에게서 자주 듣는 말입니다. "책을 낸다. 작가가 된다." 책 만드는 우리에게는 일상 같은 문장이지만, 대부분의 사람에게는 무척 특별한 의미입니다. 특히 책을 좋아하는 사람에게는요. 그래서 책을 경외할 정도로 좋아하는 예비 작가들은 책 제안을 받고서 기뻐하는 동시에 두려워하기도 합니다. 자신은 특별한 사람도 아니고, 이 이야기는 별것 아닌데 누가 보겠느냐면서요. 세상에 자신보다 글 잘 쓰고 팔로어도 많고 잘나가는 사람이 수두룩한데 하필 이 출판사는 내게 책을 내자고 접근했는지 혹시 사기를 치는 건 아닌지 의심하는 분도 있었습니다.

이런 예비 작가를 설득할 때, 또는 작가가 초고를 쓰다가 덜컥 두려움에 걸려 넘어졌을 때는 작가의 경험과 이야기가 얼마나 고유한지 구체적으로 이야기합니다. 예를 들어 같은 '글쓰기 에세이'여도 김모 작가와 박모 작가의 에세이가 담고 있는 노하우와 역할이 다른 것처럼, 같은 '브랜드 창업기'여도 이모 작가와 최모 작가가 주는 인사이트와 메시지가 다른 것처럼, 당신 또한 다른 누구도 쓸 수 없는 고유성을 가지고 있다는 것을 예를 들어 설명하면 조금 받아들이는 듯했어요. (물론 모든 작가는 편집자의 칭찬을 완전히 믿지 않습니다.)

또 다른 방법으로는, 독자의 입장에서 그 작가의 책

이 어떤 가치가 있을지 이야기하곤 했습니다. "(이러이러한) 독자에게 (저러저러한) 도움을 줄 것이다·의미가 있을 것이다·필요할 것이다" 등등 구체적인 독자를 떠올리게 하고, 그 독자에게 자신이 쓰는 책이 어떤 도움이 될지 느끼게 하는 거예요. 두루뭉술한 칭찬보다 사소하지만 구체적인 격려가 훨씬 도움이 되었습니다.

또 자신의 일이나 노하우를 담은 책을 쓰는 전문직 작가의 경우 그 분야에 자신보다 유명하고 뛰어난 전문가들이 훨씬 많은데 책을 내도 될지 걱정합니다. 이럴 땐 '모베러웍스' 유튜브에서 모춘님께 들었던 이야기를 전해드려요. 지금 시대는 그 분야의 왕王 한 명만 있는 세상이 아니라, 골목마다 골목대장이 서 있는 세상으로 바뀌었다는 명언을요. 그러면서 작가의 책이 어떤 골목의 대장이 되었으면 좋겠는지, 그 골목을 어떻게 접수할지 함께 떠올려 보는 것도 응원이 됩니다.

'골목대장론'은 책 만드는 제게도 큰 깨달음을 주었어요. 책을 만들다가도 갑자기 한없이 쪼그라들 때가 있잖아요. 그때 떠올리곤 합니다. 우리 책이 왕이 될지 아닐지는 모르겠지만, 이 골목의 대장이 될 거야, 하고요.

"책이 나오기는 할까요?"

"이게(초고가) 끝나기는 할까요?"

오랜 기간 원고를 쓰다 보면 이 고통스러운 과정이 끝나기는 할지 의문이 들 때가 있습니다. 정말 완성되는 날이 올까 싶고요. 글이라는 게 어느 수준에 이르러야 완성인지 알 수 없으니까요. 첫 책 작가의 막막함은 더 큽니다. 여행지에서 그런 경험 있잖아요. 목적지에 갈 때는 오래 걸린 것 같았는데, 같은 길로 돌아올 땐 훨씬 시간이 덜 걸린 듯한 감각이요. 처음 걷는 길은 언제 목적지에 닿을지 가늠이 안 되므로 더 멀게 느껴집니다. 책 작업도 마찬가지예요. 책 만드는 과정을 처음 겪는 작가는 대체 이 작업이 언제 끝날지 예상도 안 되고, 모니터 속에 있는 이 글이 정말 책이 될지 실감하지 못합니다. 그래서 초고 집필을 하다가 위기의 순간을 맞곤해요. 쓸 동력을 잃는 거죠.

이럴 때 작가에게 처방하는 건 '출간 예정일'입니다. 80·81쪽에서 소개한 '책 만드는 여정 지도'를 두고 앞으로 함께 가야 할 여정을 설명한 후 모월 모일에 초고를 끝내면, 그로부터 몇 개월 후인 모월에 책이 나온다고 알려 주는 거예요. 목적지가 얼마큼 남았는지 알면 덜 막막하니까요. 이때, 변수가 있다는 건 꼭 알려 줘야 합니다. 책 만드는 일에 얼마나 많은 변수가 있는지 이참에 총정리해 줘도 좋고요. 모월에 책이 나오기로 했는데 거기서 미뤄지면 작가가 크게 실망하거든요. 어디까지나 출간 '예정일'이라고 강조해 주세요. 그리고 되도록 출간일은 주변에 너무 소문내지 말라고 팁도 드리고요. 주변에서 책이 언제 나오냐고 한마디씩 듣는 것도 쌓이면 스트레스가 될 수 있으니까요.

"제 글을 못 봐 주겠어요."

"제 글이 너무 별로예요."

첫 책 작가는 물론이고 많은 작가가 빠지는 함정입니다. 자신이 글을 잘 쓴다고 생각하는 작가는 흔하지 않은 듯해요. 기준이 높아서일 수도 있고, 쓰고 싶어 하는 글과 자신이 쓸 수 있는 글이 달라서일 수도 있습니다. 때문에 작업을 진행하면서 몇 번의 고비가 옵니다. 또다시 글을 쓰는 동력을 잃기도 하고요. 교정지를 받고 엄청나게 수정하거나, 처음부터 다시 쓰면 안 되느냐고 묻거나, 책이 나오기 직전에 이런 글을 세상에 내보낼 수 없다고 출간하고 싶지 않다고 진지하게 말한 작가도 있었고요.

이럴 때 당신 글이 좋다고 아무리 말해도 작가는 믿지 않습니다. 왜 믿지 않냐고 수많은 작가에게 물어봤는데 답은 같았어요. 내 편집자니까 응원해 주려는 거겠지, 한대요. 그래서 작가들에게 그럼, 그럴 때 편집자는 곁에서 어떻게 해 주면 좋을까요? 물었습니다. 작가들은 물론 편집자가 좋다고 해서 그대로 믿지는 않지만, 계속 응원해 달라고 하더라고요. 그래서 이렇게 최종 정리했습니다. "들어도 믿지 않지만, 안 들으면 더 불안한 편집자의 칭찬"이라고요. 요즘 저는 내 글이 너무 별로라고 말하는 작가에게 이렇게 말을 시작합니다. "말해도 믿지 않으시겠지만, 작가님 글은 좋습니다." 당신이 믿지 않아도 굳이 말하는 마음을 전하고 싶어서요. 그러고는 구체적으로 어떤 문장이 이러이러해서 좋았다고 덧붙입니다. 역시 구체적인 격려가 중요하더라고요.

또 하나, 원고를 쓰는 과정에서 자신이 좋아하는 책과 비교하며 괴로워하는 작가에게는 그 책과 글은 작가와 편집자가 수차례 수정하고 또 수정해서 세상에 내놓은 정제된 것이라는 점도 설명합니다. 지금 쓰는 초고와 비교하면 안 된다고요. 타인의 작업은 대체로 완성된 최종 결과물로만 보게 됩니다. 과정은 건너뛰고요. 그러다 보니 작가는 지금 한창 작업 중인 원고와 완성품을 두고 비교하곤 합니다. 당연히 초라해 보일 수밖에 없지요. 그 책에도 과정이 있었다는 걸 일깨워 주세요. 그리고 모니터로 보는 글과 종이에 인쇄되는 글은 완전히 다르게 느껴진다는 것도 알려 주세요.

위에서 언급한 세 가지 상황은 책을 낸다는 두려움, 평가에 대한 불안함, 그로 인해 시작된 자기검열 때문에 생겼을 거예요. 이렇게 작가가 돌부리에 걸려 넘어졌을 때, 이런저런 방법으로 일으켜 세우려 해도 잘 안 될 때, 마지막 방법이 있는데요. 당신 자신을 못 믿겠으면, 저와 편집부를 믿으라는 거였습니다. 이 사람은 책을 여러 권 만든 전문가이니, 이 출판사는 전문가 집단이니 더 잘 알겠지, 알아서 잘 판단해 주겠지, 믿고 의지하라고요. 그러면 많은 분이 한결 홀가분해했습니다. 든든해서였을 거예요. 지금 첫 책을 쓰고 있는 저도 같은 생각을 하고 있거든요. 유유출판사가 전문가이니 잘 판단하시겠지, 하고요.

번외편으로 두 가지 사례를 더 공유할게요. 판매와 관련한 것들입니다.

"책이 안 팔리면 어떻게 하죠?(편집자·출판사에 피해가 갈까 봐)"

책이 담당 편집자나 출판사에 피해를 줄까 봐 걱정하는 경우도 있었어요. 생각보다 자주 들었던 말입니다.

폐를 끼치지 않으려는 의도일 텐데, 일단 고맙더라고요. 이럴 땐 경쾌한 목소리로 이런 대답을 드리곤 했습니다. "저희가 상업 출판 편집자라는 걸 잊지 마세요! 상업적으로 가능성이 없다면 회사도 허락해 주지 않았을 거고요." 실제로도 그러니까요. 대답에는 또 다른 의미도 담겨 있는데요. 당신의 책이 상업성이 있다는 걸 의심하지 않아도 된다는 것이었습니다. 작가의 걱정과 질문은 '과연 내가 쓴 게 팔릴까'라는 의심과 걱정에서 시작되었을 테니까요.

"책이 ○○만 부쯤 팔리려면 어떻게 해야 해요?"

평소 책을 많이 보는 작가도 몇 부 정도 판매해야 결과가 좋은 건지 가늠하기는 매우 어렵습니다. 때문에 터무니없는 숫자를 목표로 삼는 경우도 있었어요. 첫 책 작가에게는 초판 부수를 설명할 때 요즘은 2쇄를 찍는 게 쉽지 않다는 것과, 증쇄라는 게 얼마나 기쁜 일인지 꼭 이야기했습니다. 1만 부가 팔리는 책이 드물다는 것도요. 저의 경우 우리 책이 말을 건네고 싶은 독자에게 오래오래 읽히는 책이 되는 게 늘 목표였기에, 제 목표도 덧붙여 말하곤 했습니다. 그리고 함께 우리만의 목표를 세우고 으쌰으쌰 파이팅을 외치기도 하고요.

첫 책 케이스 스터디
작가와 콘텐츠를 찾은 여러 경로

이제 '기획의 그물'이 실제 책으로 어떻게 이어졌는지 살펴보려고 합니다. 제 경험에 한정해서 첫 책 작가를 어디서 어떻게 찾았고 인연을 맺었는지 정리해 봤어요. 작가를 찾아 초기 기획만 하고 담당 편집은 하지 않은 책도 포함되어 있습니다.

먼저, 기획의 그물을 늘 던져둔 곳은 역시 SNS였습니다. 저는 기획용 인스타그램 계정들이 따로 있어요. 그 계정은 제 취향이나 관심사가 아니라 기획의 그물을 치기 위한 목적으로만 팔로우합니다. 그물의 씨줄인 '관심 키워드'와 관련 있는 계정, 그물의 날줄인 '고객'이 좋아하고 관심을 둘 만한 계정을 수집해요. 일러스트 작가도 부지런히 팔로우하는데요. 기준은 역시나 제 취향이 아닌 고객이 좋아할 작가들입니다. 예비 작가로 관심을 두는 것이기도 하고, 삽화가 필요한 책을 위한 것이기도 해요. 책을 진행하다가 삽화가 필요하다는 판단이 들어서야 작가를 찾기 시작하면 시간에 쫓겨 최적의 작가를 만나기 어렵더라고요.

조금 더 시도해 본다면, 계정 하나를 더 만들기를 추천하는데요. 고객을 팔로우하는 용도입니다. 이 계정으로 고객 페르소나를 수집하는 거예요. 이때는 해시태그 검색으로 고객들을 찾아 나서면 되는데요. 방법은 이러합니다.

내가 만든 책, 또는 만들고 싶은 책으로 검색
관심 키워드로 검색
내 고객이 좋아할 만한 브랜드·공간(서점·카페 등)
전시·매거진·제품 등으로 검색

이렇게 검색하여 적합한 글(포스트)을 찾으면, 글을 올린 사람의 인스타그램에 방문해 고객 페르소나인지 살펴봅니다. 그렇다는 판단이 들면 팔로우합니다. 이런 방법으로 계정 하나를 고객 페르소나 수집용으로 만들면, 이 계정의 피드 자체가 고객 자료가 됩니다. 이들은 요즘 무엇에 관심이 있는지·무얼 구입하는지·어디에 다녀왔는지 등등 내 고객의 현재를 볼 수 있어요. 그게 기획의 실마리가 되어 주기도 합니다. 또 부지런한 알고리즘 덕에 내 고객과 관련 있는 광고도 볼 수 있고요. 처음엔 개인 계정으로 수집하곤 했는데, 피드가 섞이며 놓치는 게 많아지더라고요. 폴더 정리하듯 계정을 따로 만들어 리스트업해 보세요. 일과 일상을 분리하는 데에도 도움을 줍니다. 이 방법은 관심 고객층이 SNS를 한다는 전제하에 가능한데요. 인스타그램뿐 아니라 내 고객이 주로 사용하는 SNS를 조사한 후 같은 방법으로 활용할 수도 있습니다.

이렇게 SNS에 그물을 쳐둔 덕에 저는 여러 작가와 콘텐츠를 만났습니다. SNS가 없던 때는 어떻게 기획을 했을까 싶을 정도로 의존 비율이 높아졌어요. 거꾸로 생각해 보면 출판사와 인연이 닿기를 바라는 예비 작가에게도 SNS가 유용하다는 의미일 수 있겠지요.

『금요일엔 시골집으로 퇴근합니다』를 쓴 김미리 작가는 29쪽에서 소개한 '피드 산책' 중에 발견했습니다. '오도이촌 생활'을 하는 이커머스 MD. 당시 저는 '로컬'이라는 키워드를 쥐고 있었는데, 김미리 작가의 인스타그램은 서울 생활을 유지하면서도 로컬 살이가 가능하다는 점이 특히 흥미로웠습니다. 게시물을 찬찬히 살펴보니 짧은 글에서도 그 사람의 시선이 보이고, 피드의 사진을 보고 있는 것만으로도 시골집을 경험하는 것 같더라고요. 예비 작가로 팔로우하고 지켜보기로 했습니다. 바로 연락하지 않은 건, 책에 담길 긴 호흡의 글을 쓸 수 있을까 판단할 시간이 필요했기 때문이었어요. 그러던 어느 날, 침대 위에서 피드를 살펴보다가 김미리 작가가 브런치를 시작한다는 글을 보았어요. 당장 링크를 타고 들어가 읽었습니다. 그러곤 벌떡 일어나 편지를 썼습니다. 첫 글을 읽자마자 바로 알 수 있었어요. 자기 생각과 감정을 글로 풀어내는 게 충분히 가능한 사람이라는 걸요.

이렇게 발견한 예비 작가에게 제안을 할 때는 되도록 이메일로 연락합니다. 메일 주소가 없다면 DM으로 주소를 묻고 메일을 써요. DM으로 곧장 책 제안을 하는 건, 모르는 사람에게 문자메시지로 고백하는 것과 다름없게 느껴지더라고요. 충분히 의도를 전달하기도 어렵고요. (작가 입장에서는 상대가 이 사안을 어느 정도의 무게로 여기고 있는지를 가늠하게도 합니다.) DM으로는 소통만 합니다. 메일 주소를 묻고, 메일을 보낸 후 리 마인드하는 정도로요.

　작가에게 연락하는 '시점'에 대해 자주 질문을 받습니다. 쉽게 말해 기획안을 쓴 후 연락하는 게 좋은지, 아니면 최대한 빠르게 하는 게 좋은지를요. 예상하셨겠지만 정답은 없습니다. 어떤 작가는 자신에게 무엇을 요구하는지 정확한 기획 방향을 원하기도 하고, 또 어떤 작가는 편집자가 미리 작성한 기획안을 내밀면 그 틀에 갇힌다고 꺼리기도 합니다. 여러 작가를 경험한 후 저는 이렇게 노선을 잡았어요. 기획의 그물에 걸리는 작가나 콘텐츠가 있다면, 먼저 기획 가설을 세워 봅니다. (44쪽에서 제안한 세 가지 기준을 이때 활용해도 좋습니다.) '기획'이라는 단어 앞에서 긴장하지 않아도 돼요. 누군가 "그거 무슨 책이에요?"라고 물었을 때 "이러이러한 책이에요"라고 답할 수 있는 문장을 찾는 것과 같습니다. 말 그대로 '가설'이므로 마음껏 만들다가 부숴도 괜찮습니다. 기획 가설이 선다면 연락합니다. 이러저러한 기획 가설을 가지고 만나고 싶다고요. 이야기 나누며 기획 방향을 바꾸거나 전혀 다른 기획도 할 수 있다는 말도 꼭 덧붙여서 다른 가능성도 열려 있다는 걸 알립니다. 그러면 기획안부터 보내라고 요청하는 작가도 있고, 바로 미팅 날짜를 논의하는 작가도 있습니다. 상황에 맞게 대처하면 되겠지요.

접촉 시점을 정할 때 중요한 요소 중 하나는 소속 회사의 방침입니다. 기획안이 내부에서 통과되어야 접촉할 수 있다거나, 팀장에게 보고해야 한다거나 또는 담당자가 알아서 연락한다거나 등등 방식은 회사마다 다를 거예요. 미리 이 방식을 확인하고 또 정리해 두는 게 좋습니다. 접촉하기까지의 과정이 길어서 작가에게 제안 메일을 보냈을 때 이미 다른 곳과 계약한 경우가 많았다는 고민을 자주 듣는데요. 시의성 있는 콘텐츠를 다루거나, 매체에 연재를 막 시작한 작가에게 연락해 보고 싶다거나, 갑자기 주목받는 인물을 섭외하는 등 속도가 중요한 경우를 대비해 약식 프로세스를 만들어 두는 것도 좋습니다.

종종 다른 출판사 편집자들에게, "연락해 보면 이미 그 팀이 먼저 연락했더라"라는 이야기를 듣곤 했어요. 저희가 빨랐다기보다는 기획의 그물이 있었기에 판단하고 결정하는 시간이 단축되었던 덕분이었어요. 기획의 그물은 기획력을 높여 줄 뿐 아니라, 기획 속도도 올려 준답니다.

매거진이나 웹진 등의 매체를 눈여겨보는 건 아주 전

통적이지만, 여전히 유효한 방식입니다. 연재는 이미 책 계약 후 시작하는 경우도 많아서 연결될 확률이 낮을 수도 있어요. 하지만 미리 포기할 필요는 없지요. 그 연재는 출판 계약이 되어 있을지라도, 다음 책을 도모할 수도 있고, 전혀 다른 기획을 함께할 수도 있고요.

일러스트레이터 홍화정 작가님은 10여 년 전 매거진 『페이퍼』가 운영하는 페이스북에서 처음 알았어요. 한 컷 그림 연재였는데, 사랑스러운 그림체와 감정과 생각을 시각화해 전달하는 실력에 깜짝 놀랐습니다. 함께한 첫 책 『혼자 있기 싫은 날』은 연재를 그대로 수록하지 않고 작가님의 그림일기에 새로운 작품을 더해 만들었어요. 홍화정 작가님과 이 책을 만들면서 정말 에피소드가 많았어요. 그렇게 쌓은 시간 덕에 두 번째 책 『쉬운 일은 아니지만』도 함께했고, 과정도 결과도 좋았습니다. 소중한 경험으로 간직하고 있어요.

요즘은 다양하고 또 깊은 관심사를 다루는 매체가 많은데요. 대중적이지 않더라도 특정한 관심사를 가진 독자들이 보는 매체도 눈여겨볼 만합니다. 또 브랜드가 발행하는 웹콘텐츠의 연재나 인터뷰에서도 새로운 예비 작가를 찾아볼 수 있어요. 『빵 고르듯 살고 싶다』임진아 작가님도 처음 알게 된 건 독립출판물을 통해서였지만, 이분의 에세이를 만들고 싶다고 마음먹은 건 온라인플랫폼 '29CM'의 연재 덕분이었어요.

교육 센터·문화 센터·독립 서점·온라인 강의 플랫폼·커뮤니티 등에서 진행하는 강의나 워크숍도 눈여겨봅니다. 기획의 그물에 걸리는 주제라면 규모가 크든 작든 눈여겨봐요. 후기를 찾아보는 것도 잊지 않고요. 이때 해당 강의 모집 페이지가 아닌, 블로그나 SNS에서 후기를 찾아보면 리얼 후기를 만날 가능성이 높습니다.

강의나 워크숍을 진행할 수 있는 사람이라는 건 두 가지를 의미합니다. 그가 그 분야에서 일정 정도의 인정받을 만한 경험이 있다. 또 하나는 자신이 알고 경험하고 쌓은 노하우를 다른 사람에게 전달할 수 있다.

여기서 포인트는 '표현'이 아니라 '전달'인데요. 전달하려면 ㄱ걸 건네받는 상대가 있다는 걸 인지하고, 그에 맞게 자기 콘텐츠를 효과적으로 전하려고 고민해야 하잖아요. 이 과정은 마치 책을 집필하는 것과 같습니다. 그래서 노하우를 담은 책이 아니더라도 강의나 워크숍을 진행하고 있거나, 경험이 풍부한 예비 작가는 출판 가능성을 좀 더 높게 보는 편입니다. 물론 늘 예외는 있습니다. 강의는 잘하지만 글로 전달하는 게 미숙한 경우도 많거든요. 강의 교재가 있다고 해서 방심하면 안 됩니다. 꼭 샘플 원고 작업을 거치기를 추천해요. 또는 빠르게 판단해 협업 작가와 함께 작업하는 것도 방법입니다.

『좋아하는 곳에 살고 있나요』를 쓴 최고요 작가님도 강의 덕분에 만날 수 있었어요. 다양한 수업을 진행하는 지역local의 문화 공간을 뒤적거리다가, 지난 강의들을 아카이빙한 페이지에서 발견했거든요. 커리큘럼만 보고 반해 버려서 무조건 이분과 책을 내겠다고 마음먹었던 순간이 기억나요.

그 문화 공간에서는 서울에서보다 더 다양하고 흥미로운 강의와 워크숍을 십수 개씩 진행하고 있었는데요. 『하루 5분의 초록』을 쓴 한수정 작가님도 그곳에서 만났답니다. 그 후로는 지역에서 진행하는 강의와 워크숍을 꼭 찾아봅니다. 특색 있는 수업이 많고, 같은 주제라도 그 지역에서 활동하는 새로운 전문가나 아티스트를 만날 수 있어요.

그런가 하면 『작고 귀여운 펠트 브로치』를 쓴 장혜미 작가님은 SNS 피드 산책을 하다가 우연히 알게 된 분이에요. 펠트 브로치가 귀엽고 사랑스러워서 홀리듯 피드를 구경하다가 문화 센터 등에서 워크숍을 진행하신다는 글을 보고 연락드렸어요. 피드 산책으로 발견하고 강의하는 분이라는 걸 나중에 알게 된 경우지요.

요즘은 자신의 노하우나 하우투를 적극적으로 알리려는 사람이 많아서 스스로 강의를 개설하거나 소규모 워크숍을 진행하는 일도 잦은데요. 이런 강의나 워크숍은 SNS나 알음알음으로 알게 되는 경우가 많았어요.

나의 일주일 루틴을 돌아보고, 그 시간을 내가 원하는 것으로 채울 수 있도록 돕는 '컬러 루틴 워크숍'을 진행하는 유보라 작가님도 우연히 SNS를 통해 알게 되었습니다. 당시 저는 번아웃으로 힘든 시기를 보내며 나를 돌보는 방법을 다양하게 배우며 시도하고 있었어요. 그때 『태도의 말들』 엄지혜 작가님이 친구들과 함께 참여했다며 컬러 루틴 워크숍 후기를 SNS에 올렸는데, 편집자로서도 관심이 갔지만 무엇보다 나 자신에게 도움이 될 것 같아 당장 신청했어요. 그리고 두 시간가량의 워크숍을 마친 후 작가님께 말했습니다. 이렇게 좋은 툴과 메시지를 책에 담아 저처럼 변화의 계기가 필요한 사람에게 전해 주자고요. 그렇게 『나의 일주일과 대화합니다』라는 책을 펴내게 되었어요.

『사진은 스타일링』을 쓴 디어무이 작가님은 개인이 진행하는 촬영 워크숍이 무척 유명했습니다. 특히

1인 브랜드 운영자 사이에서 입소문이 나서 수강 공지가 뜨면 '오픈런'이 뒤따랐어요. 심지어 지역은 물론이고 해외에서도 사람들이 찾았습니다. 대기자도 많았고요. 출간 제안을 할 때 바쁜 작가님을 설득하려고 그 부분을 말씀드렸어요. 그들은 작가님의 촬영 노하우가 꼭 필요한데, 워크숍을 들을 수 있는 사람은 한정적이다. 책이 있다면 큰 도움이 될 거다, 라고요.

두 가지 사례만으로 알 수 있듯 강의나 워크숍을 책으로 펴내는 건 시간·거리·돈 등 다양한 제약 때문에 참여하지 못하는 사람들을 돕는 일이기도 합니다. 무형의 경험 지식이 오래 전해지도록 잘 붙잡아 두는 일이기도 하고요. 이런 책을 만들 땐 한 번이라도 해당 강의나 워크숍을 꼭 수강하곤 했는데요. 수강생들과 똑같이 듣고 배우며 어려웠던 점·좋았던 점을 기록해 두었다가 편집 단계에서 활용했습니다. 직접 그 아이템을 배우고 나서 책을 만들면 겉으로는 잘 드러나지 않더라도 디테일이 달라집니다. 내가 온전히 고객이었던 경험이 편집에 반영될 수밖에 없으니까요. 물론 이렇게 강의나 워크숍에 참여하는 건, 업무 시간에 하셔야 합니다. 혹시나 이 책을 팀장님·편집장님·대표님이 보고 계시다면 책을 위해서라도 이 시간을 확보할 수 있도록 인정해 주세요.

여유 시간·버리는 시간이 아니랍니다.

　지금까지 기획을 할 때 기획의 그물을 활용하는 방식들을 주로 이야기했는데요. '좋아하는 마음'에서 출발한 기획들도 있습니다. 그렇다고 그 마음만으로 출간 제안과 결정을 한 것은 아닙니다. 출발은 좋아하는 마음에서 하더라도 이후 과정은 똑같으니까요. 그렇게 출발해 독자를 위한 기획으로 발전시켰던 사례 중에서도 일러스트레이터 작가님들과의 작업을 소개하려고 해요.

　그림 작가와 책을 만든다면 가장 쉽게 떠오르는 건 그림 에세이입니다. 그렇다고 해서 바로 그림 에세이를 제안하는 일은 가급적 하지 않았습니다. 작가에게 다양한 가능성이 있을 수 있으니까요. 그 가능성을 알아 가는 과정과 시간을 가지면 좋은데요. 그림 작가의 경우 먼저 삽화 작업을 함께하며 서로를 알아 보는 것도 방법입니다. 마치 관심 작가에게 추천사를 제안하며 처음 인연을 맺거나, 앤솔로지 작업으로 가벼운 협업부터 시작해 보는 것과 비슷해요.

　드로잉메리 작가님과 서평화 작가님도 삽화 작업부터 함께했습니다. 두 분의 공통점은 작품이 좋은 건 물론이고, 동료로서도 정말 좋은 분이라는 거예요. 저의 고객들이 좋아하는 작가이자 제가 좋아하는 작가이니 무엇이든 더 해 보고 싶었습니다. 그래서 삽화 작업을 함께하는 동안 그분들의 첫 책을 고민했어요. 그림 에세이라는 안전한 선택지는 플랜B로 남겨 두고 작가의 강점과 고유성을 담을 기획 방향을 찾았습니다.

드로잉메리 작가님은 작품뿐 아니라 아크릴물감으로 쓱쓱 그리는 과정 자체도 팬들이 열광하며 보는 분이었어요. 그 독특한 강점을 『Merry Summer』라는 제목의 아트컬러링북과 아크릴물감 키트로 함께 제작해 '체험'할 수 있게 만들었어요. 서평화 작가님은 평소 개인 작업으로 종이인형을 만들고 스톱 모션을 제작해 SNS에 공유하곤 하셨는데요. 팬들이 그 종이인형을 무척 갖고 싶어 했습니다. 그래서 작가님의 그림을 직접 만지고 오려 소장할 수 있도록 하는 종이 인형 책 『저는 종이인형입니다』를 만들었고요.

또 한 분, 애슝 작가님은 『좋아하는 마음이 우릴 구할거야』(정지혜 지음)의 삽화 작업으로 처음 만났는데요. 삽화 스케치마다 그림의 의도를 짤막한 글로 써 주었는데 거기에서 가능성을 보았습니다. 낯선 단어들을 조합해 매력적인 문장을 쓰시더라고요. 평소 SNS에서 작가님의 글을 본 적이 없던 터라, 글을 쓸 거라는 생각은 못 해 봤는데 인터뷰해 보니 꾸준히 일기를 썼다 하시더라고요. 그 인연이 이어져 애승 작가의 첫 에세이 『고양이 생활』이 출간되었습니다.

책을 만들다 보면 다양한 인연이 책으로 이어지는 일이 자주 있습니다. 김진영 작가님은 저를 인터뷰하고 싶다고 제안해 온 인터뷰어로 만났습니다. 사정상 인터뷰는 결과물이 나오지 못했지만 종종 소식을 나누다가 한동안 연락이 끊겼는데 어느 날 편지가 왔어요. 그동안 번아웃과 마음의 문제로 갭이어를 가지고 있었다고요. 그러면서 자신처럼 갭이어를 선택한 사람들의 인터뷰 프로젝트를 『폴인』의 제안으로 시작했다는 소식을 전해 왔어요.

놀랐습니다. 누구보다 일을 좋아하고, 일할 때 눈이 반짝이는(실제로 바짝거렸습니다) 사람이었는데 번아웃, 갭이어라니요. 만나서 긴 대화를 나누었습니다. 책이나 기획이 아니라 일하는 우리에 대해 오래 이야기했어요. 저는 무조건 함께 책을 만들고 싶었지만, 출간에 대한 판단은 정해진 과정대로 진행했습니다. 다만, 평소 김진영 작가를 알고 지냈기에 작업을 시작하기 전부터 함께 만들 책에 대해서는 이미 신뢰감 100퍼센트였지요. 그것이 출간 결정에 플러스 요소로 작용한 것 또한 사실이고요. 이런 인연에서 시작해 만든 책이 『우리는 아직 무엇이든 될 수 있다』입니다.

신뢰하는 분들의 추천으로 인연이 된 경우도 잦습니다. 『힘든 하루였으니까, 이완 연습』을 쓴 박유미 작가님은 친분이 있던 독립 서점에서 워크숍을 진행한 분이었어요. 서점 대표님의 강력 추천과 주선으로 뵙게 되었습니다. 『미식가를 위한 일본어 안내서』의 황국영 작가님은 자방 작가님들과 팀원 한 분의 일본어 선생님이셨는데, 황 작가님께 배운 분은 모두 작가님이 얼마나 재밌게 가르쳐 주시는지 신이 나서 말해 주곤 했어요. 그러다 보니 콘셉트가 강한 일본어 책을 기획하고 예비 작가를 고민할 때 맨 처음 황 작가님을 떠올린 건 자연스러운 일이었습니다.

지인이 작가가 될 수도 있습니다. 『배우의 방』 정시우 작가님은 오랜 친구입니다. 언젠가 함께 책을 만들고 싶었지만, 접점을 만들기 어려웠어요. 그러다가 새 매체에서 연재를 하게 되었는데, 어떤 콘셉트가 좋을지 사적인 자리에서 가볍게 아이디어를 주고받다가 '배우의 방'이라는 키워드가 나왔어요. 인터뷰 연재에 담을 메시지가 당시 자방이 전하고자 하는 이야기들과 결이 맞다고 판단했고, 4년여 연재 후 책으로 묶게 되었습니다.

정시우 작가는 인터뷰 글로 이미 팬이 있는 기자였지만, 에세이를 발표한 적은 거의 없었는데요. 친구 찬스로 저는 정 작가의 다양한 글을 읽을 수 있었어요. 에세이를 쓰는 것에 관심이 있다는 것도 알고 있었고요. 덕분에 인터뷰집인 이 책에 에세이를 적극적으로 수록하자고 제안할 수 있었고, 결과적으로 책이 더 풍성해졌습니다.

앞서 말씀드린 것처럼 아는 인연이라고, 추천받았다고, 친하다고 해서 무조건 출간을 결정하는 것은 당연히 아닙니다. 예비 작가와 콘텐츠를 판단하는 기준은 그대로 두고 출간을 결정해야 해요. 다만 이렇게 다양한 인연이 책 출간으로 이어진 사례를 하나씩 짚었던 건 가능성이 있는 예비 작가가 이미 우리 곁에 있을지도 모른다는 이야기를 하고 싶어서였어요. 지금 내 주변에 있는 사람 그리고 앞으로 인연을 맺게 되는 이들에게도 가능성을 열어 두고 생각해 보세요.

그밖에도 **뉴스레터·콘텐츠 플랫폼·팟캐스트·유튜브** 등 기획의 그물을 들고 찾아다닐 곳은 무궁무진합니다. 사실 세상의 모든 것이 기획의 출발점이 될 수 있어요.

수많은 기획자가 각자의 관점과 관심으로 짠 그물로 고유한 기획을 만들어 내는 것이지요.

길게 여러 사례를 이야기했지만 기억할 것은 딱 한 가지입니다. "나만의 고유한 기획의 그물을 가져야 한다." 참고로 이 기획의 그물은 기획 회의 전날 쫓기는 마음일 땐 효과를 발휘하지 못합니다. 평소 다양한 인풋 상황에서 조금씩 쌓아 두기를 추천해요. 그렇다고 매 순간 일 생각을 하라는 의미가 아니라는 거, 아시죠?

{ 8 }

책이 나와도 세상은 바뀌지 않지만
출간 이후 '감정의 소용돌이'에 대처하는 법

오래전, 책 출간 후 한동안 연락이 끊긴 작가가 있었습니다. SNS도 활발하지 않던 때였어요. 출간 후 작가가 참여해야 할 이벤트가 없었기에 책에 큰 영향은 없었지만, 걱정이었어요. 2주쯤 지났을까요. 작가에게서 전화가 왔습니다. 여행을 다녀왔다고 하더라고요. 평소와 다름없는 목소리였습니다.

"아이고, 작가님. 걱정했어요. 무슨 일 있었던 건 아니죠?!"

"네. 아무 일도 없어요. 아니…… 아무 일도 없어서 좀 충격이었어요. 하하."

"네?"

"책이 나왔는데, 아무 일도 안 일어나는 거예요. 근데 생각해 보니 제가 베스트셀러 작가도 아니고…… 당연한 건데 받아들이는 게 좀 힘들었어요."

저는 알고 있었어요. 책이 나와도 세상이 바뀌지 않는다는 것을요. 책 나오기 전과 후는 분명 다를 테지만, 작가의 일상이 크게 변하진 않을 거라는 것도 알고 있었지요. 응원한답시고 책이 잘될 거라고 설레발쳤던 순간이 스쳐 지나갔습니다. 별생각 없이 한 말이었는데, 그게 작가의 마음을 조금씩 부풀게 했나 봐요. 작가는 이제 괜찮아졌다며 웃었지만, 그 웃음에 녹아 있던 아쉬움과 실망 그리고 허탈함이 오래 마음에 남았습니다. 지금도 기억나니까요.

누구나 기대합니다. 잘 나가는 건 생각도 안 한다고 겸손하게 말하더라도, 기대 같은 건 안 한다고 손사래 치더라도, 책이 나오는 것만으로도 감사한 일이라고 말하더라도, 그 열망의 정도가 다를 뿐 모두 기대합니다. 우리 편집자들도 마찬가지잖아요. 예상 판매 부수를 보수적으로 잡았더라도 책이 나올 때면 '그래도 혹시나' 하는 마음을 품곤 하죠. 예상 판매 부수조차 알 리 없는 작가는 막연히 잘 나가면 좋겠다, 라는 기대감을 가질 수밖에 없습니다. 자연스러운 일이에요. 기대가 나쁜 것은 아닙니다. 다만 기대가 좌절될 때 길게든 짧게든 힘들어 하는 작가들을 지켜보며 '첫 책 후유증'에 대해 생각하게 되었습니다. 첫 책 작가는 책이 나온 후의 경험도 모두 처음일 테니까요.

『무명작가의 첫 책』에서 토머스 울프는 책을 출간한 후 자신의 상태를 '감정의 소용돌이'에 빠졌다고 표현합니다. 혼란스러울 만큼 다양한 감정을 경험했다는 뜻이겠죠. 제가 지켜본 첫 책 작가들도 마찬가지였어요. 인간이 느낄 수 있는 다양한 감정을 한 번에 겪기도 했습니다. 예를 들면 이런 것들요.

책이 출간되었다는 순전한 기쁨과 설렘, 그 어려운 일을 해냈다는 보람, 힘들었지만 이제 다 끝났다는 허탈함, 이 책이 가치 있을까 하는 의심, 나처럼 부족한 사람이 책을 내도 되는 걸까 하는 회의, 비판받지 않을까 하는 두려움, 많은 사람이 책을 읽어 주면 좋겠다는 희망과 내 삶에 변화가 생기지 않을까 하는 기대, 아무 일이 일어나지 않을 때의 좌절, 그래서 생기는 실망, 누군가의 악플이나 낮은 별점에 대한 분노, 상처받은 아픔, 잘나가는 작가들에 대한 질투, 내가 부족해서 그렇구나 하는 자책, 편집자가 출판사가 부족해서 그렇구나 하는 원망 등등.

긴 시간 동안 다채로운 감정의 소용돌이를 목격한 저는 첫 책 작가들과 책을 준비할 때면 출간 후 경험할지도 모를 소용돌이에 대해 이야기하곤 했습니다. 이런 일이 있을 수도 있다, 라거나 혹 그런 일이 있더라도 마음을 쏟지 말라 등등. 조심스럽게, 하지만 꼭 한 번은 말을 꺼내곤 했어요. 그러다가 새로운 경험을 하게 되었습니다. 편집자로서가 아니라 관찰자로서 첫 책을 출간하는 작가를 바로 곁에서 보게 된 거예요.

제 남편이 첫 책을 쓰게 되었습니다. 하는 일과 관련 있고, 좋아하는 주제이기까지 했으니 기쁨도 더 컸지요. 원고를 쓰고 책 만드는 과정을 곁에서 보며, 작가들이 작업할 때 저런 마음이었겠구나 하고 여러 번 깨달았어요. 생각보다 더 힘든 시간을 보냈겠다는 것도요. 남편은 그 시기를 나름대로 잘 보내고 있었습니다. 자신의 감정을 돌보는 법도, 글이 막혔을 때 해결책도 스스로 찾아냈더라고요. 남편이 슬기롭게 자기만의 돌파구를 만들어 가는 동안 아내이자 편집자인 저는 옆에서 무얼 했느냐면요. 끊임없이 예방주사를 놓았습니다. '첫 책 출간 후유증'에 대비한 예방주사요.

작가들에게는 잘 정돈한 말로 프로답고 점잖게 말했지만, 남편에게는 그렇지 못했습니다. 가감 없이 매운

맛으로 상세히 사례까지 들려주며 예방주사를 놓고 또 놓았어요.

· 책이 출간되어도 아무 일도 생기지 않는다. 세상은 그대로일 거다. 하지만 책으로 인해 당신에게 새로운 기회들이 생기기 시작할 거다.

· 그 책은 베스트셀러가 될 수 없다. 분야 자체가 그렇다. 그러니 출간에 의의를 두자.

· 인터넷 서점에 별점 낮게 주는 사람도 있을 거고, 부정적인 리뷰가 달릴 수도 있다. SNS에는 굳이 해시태그까지 달고 비판하는 사람들도 있다.

· (방송 출연도 할 수 있을까 하는 농담에) 당신은 김영하가 아니다. 방송 욕심 내지 마라.

· (모 매체를 보며 여기와 인터뷰하려면 어떻게 해야 하냐고 묻기에) 첫 책으로 인터뷰하는 사람은 극소수이니 기대하지 마라. 출판사에 요구하지도 마라.

· (판매 지수는 뭐냐고 묻기에) 판매 지수에 일희일비하지 않아도 된다. 그거 계산법이 어쩌고저쩌고…….

· (북토크 홍보 게시물을 보고 부러워하기에) 당신 책이 출간될 때도 팬데믹일 테니 어려울 거다.

……

드디어 남편의 첫 책이 출간되었습니다. 저의 우려는 모두 빗나갔습니다. 책은 온라인서점 분야 베스트셀러 10위권에 드는 경험도 했고, 좋아하는 독립 서점에서는 1위도 했습니다. 서점과 SNS에 리뷰가 꽤 올라왔지만, 악플은 없었어요. 심지어 라디오 방송에도 출연했습니다. 한 번도 아니고 세 번이나요. 부러워하던 그 매체에 인터뷰도 실렸고, 독자와 만나는 자리도 있었어요. 독자들에게 둘러싸여 책에 사인하는 모습을 보는데, 뭉클했어요. 기뻤습니다. 책 한 권을 쓰기까지의 시간을 곁에서 다 지켜보았으니까요.

첫 책으로 이 모든 일을 경험하는 동안 남편은 생각보다 담담했습니다. 기뻐하는 것 같기는 한데, 엄청 기뻐하는 것 같지는 않았어요. 평소라면 모든 감정에 충실히 반응하고 표현하는 사람인데 말이지요. 라디오 섭외 메일을 받고는 혼잣말로 "들뜨지 말자, 땅 위에 발을 붙이고 있자" 하기에 '역시 신중한 사람이어서 그렇군' 하고 말았지요. 그러다 환호할 만큼 기쁜 소식이 있던 날이었어요. 저는 신이 나서 "세상에, 세상에, 잘됐다, 잘됐다!!" 하며 온종일 날아다녔는데 남편은 아무 일 없다는 듯 자기 일을 하더라고요. 그래서 물어봤습니다.

"기쁘지 않아?!"

"응, 기뻐."

"…… 그게 끝이야?!"

"너무 들뜨지 않으려고. 당신이 너무 기대하면 안 된다 했잖아. 그래서 땅에 딱 발붙이고 있으려고 노력 중이야."

그제야 알았습니다. 남편을 위해 예방주사를 놓은 거라 생각했는데, 힘들어하지 않기를 바랐던 건데, 첫 책을 출간한 작가가 느끼고 누려야 할 것들을 제가 모두 빼앗았더라고요. 평생에 단 한 번 경험할 수 있는 그 시기를요.

『땅콩일기』를 쓰고 그린 쩡찌 작가님이 출간 후 감정을 그린 그림일기를 보았습니다. 책을 출간하기 전에 자신의 책을 두고 "60억 부 찍을 거야. 세상에서 제일 많이 팔린 책만큼 팔" 거라고 말하곤 했대요. 자신이 그림일기를 그리게 되고, 그로 인해 수많은 친구를 만나게 된 것처럼 기적 같은 일이 생기지 않을까 하고 생각했다면서요. 작가님의 말에 터무니없는 생각이라며 웃는 사람, '땅콩일기'가 책이 안 될 거라고 말하는 사람들이 많았다고 해요. 그럴 때면 뭔가 조금씩 깎여 나가는 기분이었다고 합니다. 남편도 제가 예방주사라며 떠들어 댔던 말들 때문에 어딘가 깎여 나간 듯했습니다. 아이고,

제가 무슨 짓을 한 걸까요. 남편에게 사과했습니다. 그러자 이렇게 말했어요.

"내가 첫 책을 쓰는 무명작가라는 것도 알고, 내 책 분야가 시장이 넓지 않다는 것도 잘 알고 있었지만, 한편으로는 희망 고문 하고 싶은 마음이 들더라고."

그렇지만 괜찮다고, 붕 뜨지 않고 그 시기를 잘 보냈다고 오히려 고맙다는데, 제 마음은 전혀 괜찮지 않았어요. 여전히 미안합니다.

덕분에 확실히 알았습니다. 출간 후의 경험·감정까지도 책을 내는 과정에 포함된다는 것을요. 또 과정마다 각자의 역할이 있듯 각자 오롯이 거쳐야 할 경험과 감정이 있다는 것도요. 출간 후 맞이할 감정의 소용돌이도 어쨌든 작가의 몫이었습니다. 차단할 수도 없고 편집자가 대신할 수 있는 것도 아니었어요. 긍정적이든 부정적이든 말이에요. 그 과정을 경험하는 건 작가의 특권이기도 합니다. 그 책으로 인한 경험과 감정은 온전히 그때에만 마주할 수 있는 특별한 일이었어요.

그렇다면 이제 작가들에게 예방주사를 놓지 않느냐…… 하면 그건 또 아닙니다. 겪어야 할 감정은 어찌할 수 없지만, 알고 있으면 스스로를 보호하는 데에 도움이 될 만한 정보를 드려요. 크게 두 가지인데요.

하나는 판매 지수가 무엇이냐입니다. 이 얄궂은 숫자는 중독성이 강합니다. 책이 출간되면 아침마다 저절로 눈이 떠진다는 작가도 많았어요. 이 숫자를 확인하려고요. 주식 체크하듯, 성적표를 확인하듯, 그날의 운세를 점치듯 말이에요. 문제는 판매 지수의 숫자가 어떤 계산법으로 도출된 값인지, 무얼 의미하는지 알 수 없다는 겁니다. 일 판매량과 누적 판매량 그리고 판매 추이 등을 반영한 결과라고 하는데, 여전히 잘 모르겠습니다. 출간 직후에는 어느 정도 추측이 가능하지만 일주일만 지나도 알 수가 없어요. 그저 어제보다 오늘이 더 높았으면 좋겠고, 떨어지지 않고 계속 오르기만을 바랄 뿐이지요.

작가에게도 이 내용을 공유합니다. 판매 지수란, 판매 부수가 아닙니다. (팔린 부수인 줄 알고 이른 아침 들뜬 목소리로 전화를 걸어 온 작가도 있었어요.) 아무도 계산법을 모르지만, 그 사실을 알면서도 매일 아침 눈뜨자마자 확인하게 되는 중독성이 있는, 일희일비의 주범이라고요. 하지만 어떻게 연연하지 않을 수 있나요. 그래서 판매 지수가 무엇인지 알려 주는 정도로 이야기를 마무리합니다. 단, '판매 부수'가 궁금할 땐 판매 지수로 추측하지 말고 제게 물어보면 정확히 알려 드리겠다고 덧붙이면서요.

두 번째는 **부정적인 리뷰에 어떻게 대처하느냐입니**다. 책을 내면 일면식 없는 다수에게 평가받는 자리에 놓이게 됩니다. 출간을 준비할 때도 평가에 대한 두려움은 느끼지만, 그 두려움에는 설렘이 뒤섞여 있습니다. 내 글이 책이 되고, 그 책을 누군가 읽는다는 건 두렵긴 해도 설레는 일이잖아요. 그런데 막연했던 그 '누군가'가 구체적인 한 사람으로 눈앞에 나타나 당신 책은 이러저러한 점이 별로예요, 라고 하면 멘탈이 흔들릴 수밖에 없습니다. 긍정적인 리뷰가 열 개 있다 해도, 부정적인 리뷰 하나가 도드라져 보이고 크고 무겁게 와닿지요. 신경 쓰지 않으려 해도 손끝에 박힌 작은 가시처럼 아픕니다. 물론 세상 모든 사람이 나와 같은 생각일 수는 없어요. 하지만 종종 지나치게 곡해한 평가를 읽을 때면 여러 번 경험한 저조차두 "그게 아니라……" 하고 댓글이라도 달고 싶은 심정이 듭니다.

미리 마음의 준비를 한다고 해도 실제로 겪었을 때 아무렇지 않을 리 없지만, 그래도 이야기해요. 7:3 법칙이 있다고요. 나와 생각이 다른 사람이 적어도 열 명 중세 명은 있다는 법칙으로. 그 어떤 실험이나 조사 결과도 없습니다. 대략 그렇지 않을까 하는 감과 경험이 근거라면 근거고요. 그런데도 이런 근거 없는 법칙까지 굳이 만든 건, 그 편이 마음을 다스리는 데에 좀 더 효과적이어서예요. 부정적인 평가를 마주했을 때 '아! 그 세 명 중 한 사람이구나' 하면 마음이 괴로울지라도 나머지 일곱 명을 떠올릴 수 있거든요. 언젠가 한 작가에게 이 7:3 법칙을 이야기하니, 마음의 준비는 하고 있다며 이런 말을 하더라고요. "그래도 무플보다 악플이 낫지 않을까요?"라고요.

이렇게 고슴도치 편집자로서 작가들이 되도록 경험하지 않기를 바라는 것들도 있지만, 반대로 되도록 경험하게 해 드리고 싶은 것도 있습니다. 책을 매개로 독자를 만나는 일이에요. 작가가 수없이 떠올렸을 그 '내 책을 읽을 누군가'를 실제로 만나는 경험요. 어제까지는 세상에 존재하지 않았던, 모니터와 일기장 또는 머릿속과 마음속에 고요히 자리 잡고 있던 무형의 것이 '책'이라는 물성을 띠게 된다는 것만으로도 벅찬 경험이지만, 사실 책을 내는 궁극적인 가치는 그것을 누군가 함께 읽고 보고 느끼는 데에 있지 않나 싶어요. 책이 표현의 도구로만 끝나는 게 아니라, 소통의 도구가 되는 것요. 책 작업을 하는 동안 누가 이걸 봐 줄까 하고 걱정 반 기대 반으로 막연히 떠올리던 독자를 마주하는 건, 지난한 과정을 거친 작가에게 보람이자 보상입니다. 앞으로 다음 책을 작업할 때 떠올릴 얼굴들을 만나는 것이기도 하고요. 첫 책이 끝이 아니라, 시작이기를 바라는 작가를 향한 응원이기도 합니다. 그리고 편집자인 저에게도 책 만드는 동력이 되어 주더라고요. 물론 이런 만남이 필수적인 건 아닙니다. 작가가 원하지 않는 경우도 많고요. 무리하면서까지 진행하지는 않기로 해요.

독자를 만나는 방식으로는 출간 기념 북토크·작가와의 만남 같은 것이 있겠지만 첫 책 작가는 회사로부터 지원받기가 쉽지 않습니다. 예산과 인력이 투입되는 일이니 홍보 효과가 있는가, 얼마나 판매할 수 있는가에 따라 행사 진행 여부를 결정할 수밖에 없으니까요. 그럴 때 온라인 미팅·인스타그램 라이브·서점이나 도서관 또는 다른 업계와의 협업 등으로 한 번이라도 독자를 만날 수 있는 자리를 마련해 봅니다. 모객이 어려울까 봐 망설여질 수도 있어요. 그런데 몇 명이 모이든 첫 책을 기념하는 자리가 있었다는 것이 더 중요하더라고요. 이것 또한 첫 책을 내고 나서 할 수 있는 단 한 번뿐인 경험이니까요.

{ 9 }

데뷔작은 아니지만 '첫 책'입니다

작가 소분 마인드맵 기획법

'첫 책'의 의미를 확장해서 생각해 볼 수도 있지 않을까요. 예를 들어, 코미디 장르에 주로 출연했던 배우가 웃음기를 싹 지우고 진지한 사랑 영화에 출연했다고 해 볼게요. 맞아요. 저는 지금 배우 짐 캐리 그리고 영화 『이터널 선샤인』을 떠올리고 있습니다. 처음 영화를 봤을 땐 정말 깜짝 놀랐어요. 할리우드의 대표 코미디 배우 짐 캐리가 이런 연기를 할 수 있다니. 얼굴 생김새까지 다르게 보이더라고요. 못 알아볼 뻔했다니까요. 『이터널 선샤인』은 짐 캐리의 첫 출연작은 아니지만, 분명 또 다른 데뷔작이라고 볼 수 있을 거예요.

책은 어떤가요. 바로 떠오르는 건 소설가나 시인이

처음 쓴 에세이예요. 평소 픽션으로 소통했던 작가가 자신을 드러내는 에세이를 쓰는 건 또 다른 영역의 일이잖아요. 이런 경우도 있을 거예요. 하나의 강력한 아이덴티티로 활동했던 사람이 다른 아이덴티티로 책을 내는 것요. 쉽게 말해 부캐로서 책을 쓰는 거죠. 예를 들어 박정민은 배우이자 작가, 출판사 '무제'의 대표예요.『쓸 만한 인간』은 박정민이라는 자연인으로서, 배우라는 직업인으로서 쓴 첫 책이었는데요. 만일 그가 무제출판사 대표의 아이덴티티로 창업 이야기부터 시작하는 출판 일지를 쓴다면 어떨까요. 박정민 작가의 데뷔작은 아니지만, 박정민 대표의 첫 책이라고 할 수 있지 않을까요.

이렇게 너그러이 생각하면 모든 책이 첫 책 아니냐 할 수도 있을 거예요. 저도 동의합니다. 그런데도 굳이 이 이야기를 꺼낸 것은, 한 가지를 경계하고 싶어서예요. 바로 '동어반복'입니다.

한 작가는 출간한 첫 책이 베스트셀러에 오른 후 많은 출판사에서 연락을 받았다고 했어요. 그중 몇 곳을 만났는데 하나같이 '(베스트셀러가 된) 그 책 같은 책'을 제안했다고 합니다. 그래서 평소 써 보고 싶었던 다른 기획을 역제안해 봤지만 모두 거절당했다고 해요. 물론 작가가 제안한 기획이 시장성이 없을 수 있어요. 다만 아쉬운 건 그때 다른 방향·다른 길을 함께 찾으려는 시도도 없이 모든 가능성을 차단당했다는 점이었어요. 책을 출간한 적 있는 작가에게 전작의 2탄(이라고 쓰고 자기 복제라 할 수 있는 책)을 출간하자거나, 전작이 잘되었으니 일단 잡고 보자는 식의 제안은 지양해야 합니다. 2탄을 만드는 게 틀렸다는 게 아니에요. 어떤 의도에서 출발한 제안인가, 의도의 문제지요. 이전의 책에서 발견한 아쉬움에서, 또는 더 확장하고 싶다는 바람에서, 더 듣고 싶은 이야기가 있어서 제안하는 것과 시장에서 확인된 수요를 안전하게 복제하려고 제안하는 건 의도가 완전히 다르니까요.

꼭 작업해 보고 싶은 작가가 있다고 해 봅시다. 이미 몇 권의 책을 출간했을 수도 있어요. 이때 작가와 나, 우리만의 첫 책을 기획해 보고 싶다면 '작가 소분 마인드맵'을 활용해 보세요. '작가 소분 마인드맵'은 작가의 다양한 면을 분류하여 정리하는 마인드맵을 말합니다.

'나'라는 사람은 여러 요소로 구성되어 있어요. 성격·성별·직업·가족·취미나 특기·삶이나 일을 대하는 태도·좋아하는 것·경험한 것 등 수없이 많은 요소들의 합이 지금의 나를 만들었습니다. 작가도 마찬가지예요. 현재 우리 눈앞에 있는 그 작가도 다양한 요소의 합입니다. '작가 소분 마인드맵'은 그 요소를 분류해서 카테고리화해 보는 작업이에요. 종이에 직접 그리거나, 마인드맵 앱을 활용하는데요. 저는 주로 종이에 그립니다.

종이 한가운데에 알아보고 싶은(=작업해 보고 싶은) 작가의 이름을 적습니다. 그리고 작가에 대한 단서를 최대한 수집해요. 이 과정은 평소의 작가 조사 과정과 별다르지 않아요. 출간한 책·연재·인터뷰·작가의 SNS 등을 찾아보고 검색하며 단서를 모읍니다. 이때 북토크와 같은 오프라인 행사를 한 적 있다면 참여한 독자들의 후기에서 작가의 말이나 에피소드도 찾습니다. 지나가는 말 한마디, 별것 아닌 듯한 문장처럼 사소해 보이는 것들에 힌트가 숨어 있을 때가 많거든요.

단서 수집 과정에서 중요한 건 그 작가에 대한 마인드맵을 그리겠다는 목적을 두고 작가를 '소분해 바라보는 관점'이에요. 작가가 가진 것들을 소분해 카테고리화하는 것이지요. 소분 기준은 다양하지만, 다음의 카테고리는 꼭 정리해 보세요.

먼저 작가의 '아이덴티티'입니다. 직업이나 하는 일·전문 분야 그리고 현재 '삶의 방식'이나 '고향' 같은 것이 포함돼요. '관심사'나 '좋아하는 것'도 필수 카테고리입니다. '취미'나 자기만의 '루틴·리추얼'에도 관심을 가져 보고요. '배우고 있는 것'이나 '배우고 싶어 하는 것', 반대로 작가가 알려 줄 수 있는 크고 작은 '노하우'도 찾아보세요. 여행을 비롯해 무언가 '특별한 경험'이 있다면 작은 에피소드라도 메모합니다. 개인적 또는 사회적 '고민'이나 지극히 사적인 '콤플렉스'도 흥미로운 출발점이에요. 꿈꾸는 것들, '바람'이나 '희망' 등 미래의 이야기도 좋습니다. 이러한 카테고리로 소분해 보겠다는 관점이 있으면 무작정 작가에 대해 조사할 때보다 더 풍부한 단서를 얻을 수 있어요.

예를 들어 '김보희'라는 사람을 소분한 맵을 그린다고 해 볼게요. 중앙에 이름을 쓰고 가지를 하나 쏙 빼서 '아이덴티티'라고 적고는 거기서 또 가지들을 쳐 봅니다. 19년 차 출판편집자·1인 출판브랜드 대표·논픽션 기획 강사·여성·2인 가족·서울 거주. 여섯 가지 단서 하나하나가 기획의 출발점입니다. 이번엔 '좋아하는 것' 카테고리를 만들어 볼까요. 섬 여행·전국 개 사진 찍기·지역 막걸리. 세 개의 가지를 쳐 볼 수 있겠어요. 이런 식으로 한 사람을 구성하는 다양한 요소들을 분류해 마인드맵을 그려 보세요. 이때 소분해 얻은 키워드를 확장하거나 서로 연결하다 보면 눈에 드러나는 아이템뿐만 아니라 생각지도 못했던 키워드를 찾을 수 있어요. 누가 보는 것도 아니니 마음껏 생각을 펼쳐 봅니다.

'작가 소분 마인드맵'은 기획 아이템을 찾을 때도, 작가 미팅을 앞두고도 유용합니다. 미팅 전에 수집한 자료들을 마인드맵으로 그리고 미팅 후에는 만나서 알게 된 또 다른 단서도 추가합니다. 까먹기 전에 되도록 당일에 빨리 기록해 두세요. '미팅 일지' 역할도 해 주니 여러모로 활용하기 좋을 거예요.

여러 권의 책을 쓴 작가라면 출간한 책을 마인드맵으로 그리며 분석해 보는 것도 방법입니다. 예를 들어 김하나 작가님의 책과 연재물을 오래된 출간일 순으로 살펴볼게요.

『내가 정말 좋아하는 농담』

『힘 빼기의 기술』

『15도』

『여자 둘이 살고 있습니다』

『다름 아닌 사랑과 자유』

『말하기를 말하기』

『당신과 나의 아이디어』

『퀸즐랜드 자매로드』

『빅토리 노트』

퍼블리 연재 「여자 둘이 일하고 있습니다」

(2023년 8월 기준. 『다름 아닌 사랑과 자유』 이외의 앤솔로지, 매거진 제외)

마인드맵을 그려 봅니다. 가운데에 작가의 이름을 씁니다. 그리고 가지를 하나 빼서 책 제목을 하나 적어요. 그 작가를 구성하는 요소 중 무엇을 소분해 이 책에 담았는지 생각해 봅니다. 지금부터는 저의 생각의 흐름을 써 볼게요. 참고 그림을 보며 읽어 주세요. 제 분석이니 여러분만의 소분 방식으로 마인드맵을 그려 봐도 좋습니다.

먼저 첫 책 『내가 정말 좋아하는 농담』의 책 소개는 이렇게 쓰여 있습니다. "카피라이터 김하나의 반짝이는 아이디어를 위한 1g의 교양 사전." 아하, 이 책은 '카피라이터'라는 직업인(아이덴티티)으로서 쓴 책이네요. 『힘 빼기의 기술』은 에세이 모음집인데요. "카피라이터 김하나의 유연한 일상"이라는 부제가 붙어 있기는 하지만, 카피라이터라는 아이덴티티보다는 김하나라는 사람의 삶과 일상을 대하는 '태도'를 읽을 수 있는 책이었어요.

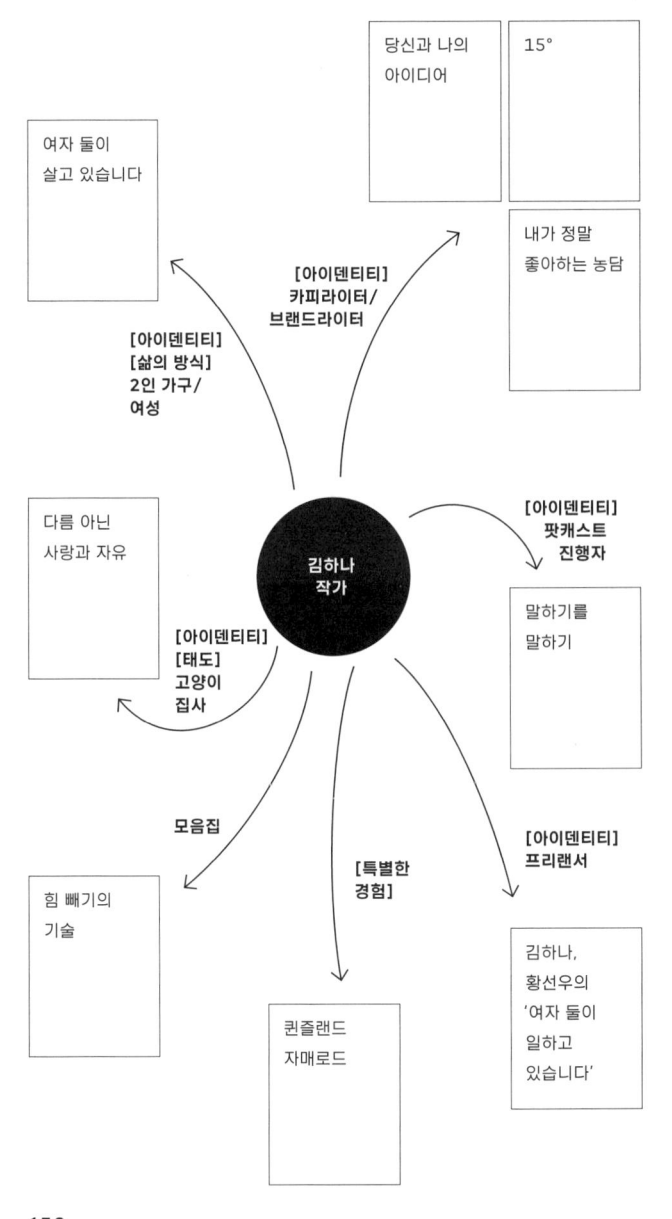

당신과 나의
아이디어

15°

여자 둘이
살고 있습니다

내가 정말
좋아하는 농담

[아이덴티티]
카피라이터/
브랜드라이터

[아이덴티티]
[삶의 방식]
2인 가구/
여성

김하나
작가

[아이덴티티]
팟캐스트
진행자

다름 아닌
사랑과 자유

말하기를
말하기

[아이덴티티]
[태도]
고양이
집사

모음집

[특별한
경험]

[아이덴티티]
프리랜서

힘 빼기의
기술

퀸즐랜드
자매로드

김하나,
황선우의
'여자 둘이
일하고
있습니다'

『15도』는 아이디어가 돋보이는 각종 다양한 사례와 그와 관련해 독자가 조금 다른 생각을 해 볼 수 있도록 질문을 던지는 책입니다. "브랜드라이터 김하나의 '하루 하나 다른 생각' 다이어리"라고 소개되어 있는데요. 창의성을 요하는 일을 해 온 작가의 '아이덴티티'를 바탕으로 독자가 창의적인 생각을 떠올릴 수 있도록 작가만의 '노하우'도 담았다고 볼 수 있겠어요.

황선우 작가님과 함께 쓴 『여자 둘이 살고 있습니다』는 1인 가구로 살던 두 여성이 2인 2묘 가족이 되어 살아가는 이야기를 담았으니 '아이덴티티'와 '삶의 방식'으로, 『말하기를 말하기』는 팟캐스트 진행자로서의 '아이덴티티'와 '노하우'로 썼다고 볼 수 있겠어요.

『당신과 나의 아이디어』는 김하나 작가님의 첫 책 개정판인데요. 당시 카피라이터였던 '아이덴티티'와 '노하우'를 담았습니다. 『퀸즐랜드 자매로드』는 호주 여행이라는 '특별한 경험'을 썼고, 『빅토리 노트』는 이옥선 씨와 김창근 씨 사이의 둘째 딸이라는 '아이덴티티'로, 연재 '여자 둘이 일하고 있습니다'는 프리랜서라는 또 다른 '아이덴티티'로 썼다고 볼 수 있겠어요. 앤솔로지 에세이인 『다름 아닌 사랑과 자유』는 고양이 집사로서의 '아이덴티티'와 삶에 대한 '태도'로 쓴 책이고요.

김하나 작가님의 출간 도서를 소분해 살펴보니 흥미로웠어요. 특히 다양한 아이덴티티에서 출발한 책이 많더라고요. 창의성을 바탕으로 일하는 직업인(카피라이터·브랜드라이터 등)으로서, 프리랜서·팟캐스트 진행자·고양이 집사 그리고 딸로서…… 아이덴티티를 소분해 기획한다면 김하나 작가님을 레퍼런스로 삼아도 좋겠어요.

이번엔 김혼비 작가님의 책을 살펴볼까요.

『우아하고 호쾌한 여자 축구』
『아무튼, 술』
『전국축제자랑』
『다정소감』
『최선을 다하면 죽는다』
(2023년 8월 기준. 앤솔로지, 매거진 제외)

김혼비 작가님은 '좋아하는 것'으로 책을 두 권이나 썼어요. 첫 책『우아하고 호쾌한 여자 축구』와 『아무튼, 술』은 작가가 힘껏 좋아하는 축구와 술에 대해 쓴 에세이입니다.『전국축제자랑』은 호기심에서 시작한 취

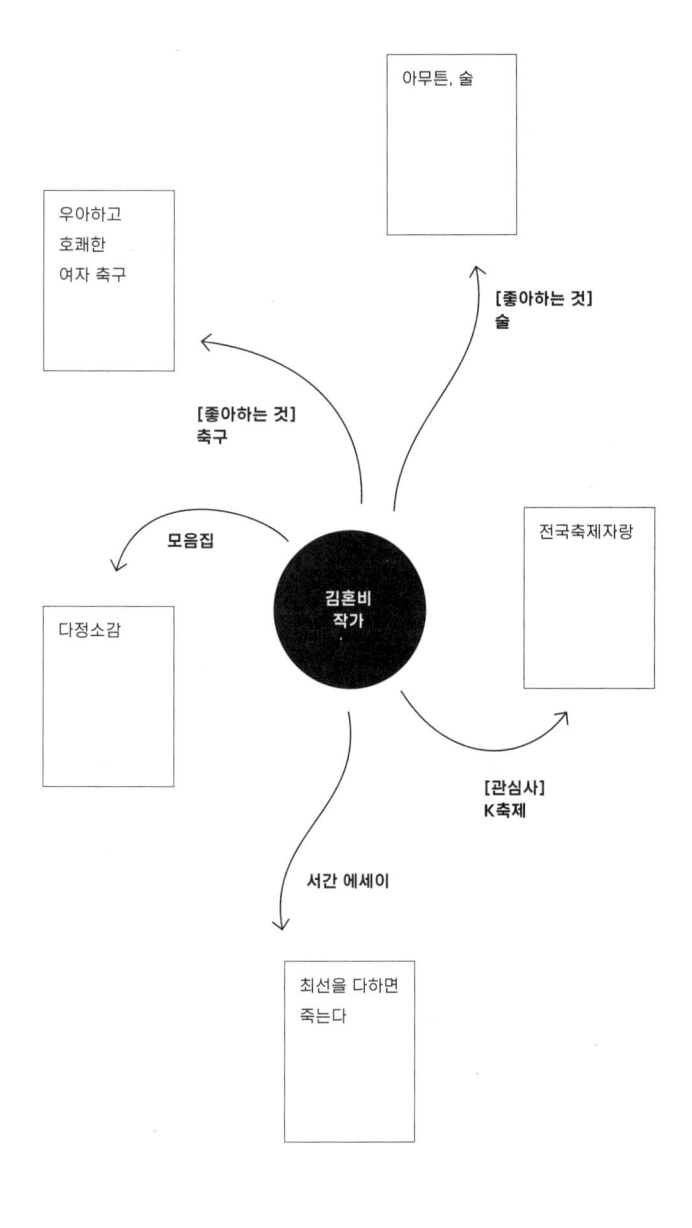

아무튼, 술

우아하고
호쾌한
여자 축구

[좋아하는 것]
술

[좋아하는 것]
축구

김훈비
작가

전국축제자랑

모음집

다정소감

[관심사]
K축제

서간 에세이

최선을 다하면
죽는다

재 에세이인데요. '관심사'로 볼 수 있을 듯해요. 『다정소감』은 기존 글을 선별해 묶은 산문집, 『최선을 다하면 죽는다』는 황선우 작가님과 함께 쓴 서간 에세이고요. 김혼비 작가님의 마인드맵에서는 좋아하는 것들의 목록이 눈에 띄네요.

물론 작가가 처음부터 자신을 소분한 후 글을 쓰는 일은 드물 거예요. 이 마인드맵은 새로운 가능성을 찾기 위한 분석 도구이자 생각 정리 도구입니다. 이렇게 맵을 그리면 그 작가가 아직 꺼내지 않은 요소를 좀 더 쉽게 발견할 수 있습니다. 또 앞서 설명한 대로 작가에 대해 조사하면서 마인드맵의 가지를 확장하고, 비어 있는 부분을 채우고 연결하다 보면 새 기획 거리를 찾을 수 있을 거예요.

최혜진 작가님과 작업한 『우리 각자의 미술관』을 시작할 때도 마인드맵의 도움을 받았어요. '에디터C'라는 닉네임으로 활동할 때부터 작가님의 글을 좋아했어요. '그림책 애호가'로서 쓴 『유럽의 그림책 작가들에게 묻다』 『그림책에 마음을 묻다』 그리고 '그림과 미술관 애호가'로서 쓴 『명화가 내게 묻다』 『북유럽 그림이 건네는 말』 모두 반복해 읽을 정도로 팬이었지만 선뜻 작가님께 연락을 드리지는 못했어요. 당시 소속 출판사의 출간 방향과 다르기도 했고, 동일한 아이덴티티로 두 곳의 출판사에서 꾸준히 책을 출간하고 계셨거든요. SNS로 작가님의 활동을 업데이트하며 지켜보기만 했습니다.

그리고 몇 년 후, 저는 관심 고객을 위한 '미술관 안내서'를 구상하게 되었어요. 미술관이나 갤러리에 가는 걸 좋아하지만, 그 공간에 들어서면 어쩐지 주눅 들고 조심스러워지는 마음을 해결해 주고 싶었거든요. 미술관 에티켓이나 관람 주의 사항, 미술관을 최대로 즐길 수 있는 팁을 알려 주는 미술관 방문을 위한 실용서가 있다면 도움이 될 것 같았어요. 단번에 떠오른 사람은 최혜진 작가님이었습니다. 큐레이터나 미술관 관련자보다는 '어쩐지 주눅 들게 하는'에 공감할 수 있는 '덕후'가 고객을 더 잘 이해할 거라고 생각했거든요. 최 작가님과 함께 작업해 보고 싶어서 맵을 그려 본 적이 있던터라, 미술관 덕후라는 '아이덴티티'로 미술관을 이용하고 활용할 '노하우'를 알려 줄 적임자라고 바로 떠올릴 수 있었습니다. 물론 작가님을 만나 이야기 나누며 기획방향은 크게 바뀌었어요. 주눅 드는 걸 해소하려면 공간활용법을 아는 것보다 더 중요한 게 있다는 걸 배웠거든요. 다루는 주제는 달라졌지만, 기획 의도와 출발점은 같았고 고객에게 전하는 가치는 더 키울 수 있었어요.

편집자마다 만들고 싶은 책이 있잖아요. 인문·문학·경제경영 등 서점 분야를 중심에 두고 생각할 수도 있고, 세상에 전하고 싶은 특정 메시지를 담은 책들을 만들 수도 있고요. 자신이 좋아하는 것들이나 덕질하는 대상을 책으로 만들고 싶어 하는 하는 편집자도 있죠. 저는 독자가 행동하고 싶게 하는 책·독자의 변화를 돕는 책·배움의 즐거움을 주는 책에 관심이 많아요. 그런 책은 작가의 '노하우'에서 출발하는 경우가 많은데요. 그래서 저는 특히 '노하우' 카테고리를 중요하게 생각합니다. 이렇게 작가 소분 마인드맵을 그릴 때 자신이 만들고자 하는 책의 방향성에 집중하면 기획에 '나라는 편집자'만의 고유성도 담을 수 있을 거예요.

이전까지 여러 권의 책을 낸 작가여도 '소분'을 통해 그 작가의 다른 페르소나의 첫 책을 만들 수 있습니다. 이 방법은 심지어 이전에 출간한 책과 비슷한 주제를 다루더라도 가능해요. 『우리 각자의 미술관』이 미술관 덕후로서는 최혜진 작가님의 첫 책이라고 할 수 있고, 『기록하기로 했습니다』가 기록 장인으로서 김신지 작가님의 첫 책이라고 할 수 있듯요.

{ 10 }
이 책에 한해서는 영원한 동료
작가와 편집자의 적정 거리에 대하여

김먼지 편집자의 『책갈피의 기분』에는 명구절이 있습니다.

책이 만들어지는 과정과 과정, 그 세밀한 틈새마다 편집자가 존재한다. 출판과 관계된 모든 사람 사이에서 의사소통을 진행한다. 거의 멀티탭 수준이다. 그것도 한 12구짜리.

편집자의 일을 이만큼 와닿게 표현한 문장이 앞으로 또 나올 수 있을까요.
책 만드는 과정에서 우리 모두의 목표는 같습니다.

하지만 우리는 모두 너무 달라요. 그래서 힘듭니다. 아주 많이. "감사합니다. 죄송합니다. 부탁드립니다." 마법의 세 문장만 있어도 책을 만들 수 있다는 말이 농담으로 들리지 않을 만큼, 이 사람과 저 사람 사이에서 이해하고 조율하고 판단하는 일은 쉽지 않아요. 그럼에도 이 복잡한 '관계' 속에서 어쨌든 매일 일을 해 나가야 합니다. 이런 멀티탭으로서의 고충은 이미 많은 편집자 분들이 이야기해 주셨으니 저는 생략할게요. 대신 관계 중에서도 여전히 너무나 어려운 '작가와의 관계' 특히 '첫 책 작가와의 관계'를 생각해 보려고 해요.

작가와 편집자의 관계는 설명하기가 쉽지 않습니다. 책 한 권이 시작될 때부터 끝날 때까지 우리는 함께 다양한 경험을 하며 그 과정마다 여러 감정을 나눕니다. 긍정적인 감정도 있지만, 당연히 부정적인 감정도 오갑니다. 그렇다고 해도 두 사람의 목표가 같으므로 부정적인 감정도 아프지만 싹싹하게 받아들일 수 있습니다. 어느 쪽이든 권력을 쥐고 상대를 괴롭혀 생긴 부정적인 감정이 아니라면 말이에요. 어쨌든 난관을 거쳐 함께 책을 만들고 나면 서로에게 정도 들고 신뢰도 쌓입니다. 기대감도 무럭무럭 자라고요. (물론, 다시는 보고 싶지 않은 사이가 될 수도 있습니다.)

인간적 기대감 말고, 편집자로서 갖는 기대감은 복잡한 듯 보이지만 단순합니다. 다음 작업도 함께하고 싶다는 거겠지요. 특히나 첫 책을 함께 만든 사이라면 기대는 더 커집니다. 나의 노력과 우주의 도움까지 받은 덕에 인연을 맺은 그 사람과 기획부터 집필 그리고 수많은 우여곡절을 거쳐 출간까지 함께했다면, 게다가 독자의 반응도 좋았다면 더더욱 그렇겠죠. 그런데 사실 그런 기대를 하고 있다는 걸 나 자신이 늘 인지하고 있지는 않잖아요. 그러다가 작가가 다른 출판사와 미팅을 했다거나 제안을 받았다는 걸 알면, 비로소 혼란이 찾아옵니다. 다른 곳과 만날 수 있고 작업을 할 수도 있는 건데, 전속 작가도 아니고 그게 당연한 건데 그제야 마음속에 기대가 자리 잡고 있었다는 걸 알게 되지요.

한 작가와 첫 책을 함께 만든 지 오래 지나지 않았을 때였습니다. 다른 출판사에서 좋은 제안을 받아 다음 책을 쓰려고 한다며 감사 인사를 전해 왔어요. 어리둥절한 상태로 "별말씀을요" 하고는 "역시 출판사들이 작가님을 알아보네요" 하고 너스레까지 떨었어요. 대화를 마치고 나서야 알았습니다. 어, 이상하다. 나 실연당한 기분이네? 조금 과장하자면 낡디낡은 드라마 속 주인공이 된 듯했어요. 힘들게 뒷바라지해서 사법고시에 패스

한 상대가 금수저 자식을 만나겠다며 나를 버린 것 같은, 그런 질척거리는 기분. 그날 동료와 술을 마셨습니다. 있잖아…… 내가 뭐 잘못한 게 있나? 아니, 그렇다고 해도 어떻게 이럴 수 있지? 미리 나랑 상의는 해 볼 수 있는 건 아냐? 근데…… 우리 행복했는데, 참 좋았는데. 우리가 왜 이렇게 된 걸까. 그래, 어디 가 봐라 별다른가! 다 망해라! 아니, 아냐 그래도 기왕 이렇게 된 거 잘되면 좋겠다. 그 작가님도 고생했거든. 혼자 주절거리다가 만취한 저는 심지어 작가에게 메시지까지 보냈습니다. "작업하는 동안 감사했어요. 다음 책 기다릴게요. 행복하게 작업하시기를요." 아이고, 아이고.

기대했기 때문이었어요. 모르고 있었지만, 이 사람이 다음 스텝도 나라는 편집자와 함께하기를 바랐던 거죠. 그런데 작가님들도 마찬가지래요. 함께 작업한 편집자가 다음 책 이야기를 하지 않으면 묘하게 서운한 마음이 든다고요. 나만의 편집자인 줄 알았는데 다른 작가와 친하게 지내는 걸 보면 질투가 나기도 하고요. 사람의 마음은 다 비슷합니다.

기대감. 작가와 편집자의 관계뿐 아니라, 온 우주의 인간관계를 어렵게 만드는 기/대/감. 모든 관계에서 그게 문제라고들 하잖아요. 기대는 항상 무너지고 배반당

한다, 라는 관계의 법칙을 잘 알고 있으면서도 벗어나지 못하는 걸 보면 어쩔 수 없는 것인지도 몰라요. 기대를 내려놓고 거리를 둬야 한다는데 쉽지 않죠. 그렇다면 작가와 편집자는 어느 정도의 거리를 두는 게 적당할까요. 모든 작가와 가깝고 특별한 사이가 되는 게 정답은 아닐 거예요. 일로 만난 동료 중에도 그냥 동료도 있고 친구로 발전하는 동료도 있듯요.

작가와 편집자, 우리는 한시적 이해 공동체입니다. 함께 작업한 책에 한해서는 영원한 동료이기도 하지요. 하지만 그 이상도 그 이하도 아닌 관계라는 걸 잊지 않으려고 합니다. 마치 각자의 악기를 가지고 모인 연주자들이 진심을 다해 최고의 합주를 마치고 흩어지지만, 그럼에도 함께 연주한 그 순간에 한해서는 영원한 동료인 것처럼요. 이번 연주는 끝났지만, 다시 만나 우리만의 연주를 함께할 수도 있다는 설레는 가능성을 남겨 두고 담백하게 헤어지는 거죠. 이렇게 거리 두기 연습을 해 보니 나 자신에게 좋더라고요. 일단 내 마음을 지킬 수 있고요. 낯부끄러운 메시지를 보낼 일도 없습니다. 우리 책과 관계없는 일로도 서로 도움을 주고받을 수 있고요. 느슨한 연결, 쉽지 않지만 줄이 팽팽하게 당겨질 때면 슬그머니 그 줄을 내려놓고 한 발짝 물러납니다. 기대를 줄이면 더 건강하게 오래 관계를 지속할 수 있다는 것 또한 관계의 법칙이니까요. 그런데 말이지요. 이렇게 담담한 척 말하고 있지만, 얼마 전 비슷한 일로 상처 받고 만취했던 것 또한 밝힙니다. 하하하. 이 시점에서 자연스럽게 떠오르는 책 제목이 있습니다. 『약간의 거리를 둔다』, 역시 명문장입니다.

{ 11 }
첫 책을 출간하고 싶은 예비 작가님들께

블로그나 브런치에서 책을 출간하려고 노력하는 분들의 글을 가끔씩 보곤 합니다. 특히 투고 과정에 대한 이야기가 많았는데요. 오고 가는 이야기 중 출판사와 편집자의 입장에서 보기엔 오류가 있는 정보도 꽤 있어서 불쑥 댓글을 남기고 싶은 적도 많았습니다. 제가 정답을 알고 있는 것도 아니고, 출판사와 편집자마다 기준과 상황은 다르지만, 저라는 편집자의 경험과 생각을 담아 봅니다. 간절한 예비 작가님들을 응원하는 마음으로요.

'투고' 하면 떠오르는 책 한 권이 있습니다. 제임스 미치너의 『소설』이에요. 하나의 소설을 중심에 두고 작가·편집자·독자·비평가의 시점으로 기술한 독특한 구성의 책입니다. 이 『소설』 속 소설은 한 작가의 첫 책인데요. 첫 책 출간과 관련된 에피소드가 자주 등장해요. 『소설』의 배경인 키네틱 출판사에서는 우편으로 투고를 받습니다. 매일 '누군가의 꿈을 담고 있는' 원고가 엄청나게 많이 온다고 해요. 선택되지 못한 원고는 반송되거나, 매일 밤 지하실의 수거함에 비워지고요. 그럼 그중에서 투고 검토 과정을 통과하는 원고는 몇 편일까요? 소설 속 편집자 말에 따르면 9백 편의 투고 중 단 한편 정도라고 해요. 저는 어땠나 가늠해 보니 19년 차인 현재까지 투고 원고가 출간으로 이어진 건 두 건쯤이었던 듯해요. 왜 이렇게 소설에서도, 현실에서도 투고가 출간으로 이어질 확률이 낮은 걸까요?

출판사의 투고 원고 처리 방식에 따라 다르지만, 투고에서 출판 계약까지 이어지려면 크게 두 개의 기준을 만족시켜야 합니다. 첫 번째는 편집자의 기준, 두 번째는 출판사의 기준이에요. 44쪽에서 말했듯 편집자는 여러 조건을 고려해 출간을 결정할 수밖에 없습니다. 설령 편집자가 결심했더라도 회사의 결정권자와 동료를 설득하는 일이 남아 있고요. 예상하시겠지만 이 과정이 쉽지 않습니다.

그런데 안타깝게도 대부분의 투고는 출판하기에

조금씩 부족한 원고인 경우가 많습니다. 글쓴이에게는 분명 특별한 글이지만, 상업출판의 기준은 다르기 때문이에요. 이렇게 눈에 띄는 투고를 만난 경험이 적다 보니, 늘 시간에 쫓기는 편집자에게 투고 검토는 과외 업무로 느껴질 수밖에 없고요.

정리하자면, 투고가 출간으로 이어지려면 원고의 역량과 상업적 가치를 인정받아 까다로운 일차 관문을 뚫어야 하고, 그런 다음에도 그 원고가 담당 편집자와 출판사의 출간 방향과 일치해야 하며, 출간할 종수가 한정되어 있는 편집자와 출판사의 일정과도 맞아야 하고, 마지막으로 출판사가 준비 중인 타이틀과 겹치지 않아야 하는 등 여러 조건이 맞아 떨어져야 합니다.

이렇게 길게 이유를 설명드리는 건, 원래 이 과정이 쉽지 않은 일이니 반려 메일을 받고 지나치게 자책하거나 괴로워하지 않기를 바라서입니다. 기획과 원고만 좋다고 해서 되는 게 아니니까요. 시기·인연·운 모든 게 따라야 가능한 일입니다. 또, 이렇게 쉽지 않은 일이니 기왕이면 투고 메일과 첨부 파일을 세심하게 준비하자는 이야길 드리고 싶어서입니다. 가능성이 있는 기획과 원고를 가지고 있을지라도, 그걸 제대로 전달하지 못하면 소용없으니까요. 투고하실 때 다음과 같은 점들을 좀 더 신경 쓰시면 좋을 듯합니다.

• 투고 메일에도 분명한 독자가 존재합니다. 투고 담당 편집자예요. 편집자가 어떤 기획과 원고인지 빠르게 파악할 수 있도록 메일을 쓰는 것이 중요합니다.

• 메일에 가제·콘셉트·작가 소개·간략한 원고 소개(300자 내)를 담습니다. 간결하게 핵심만 쓰는 게 중요해요.

• 투고할 때는 최소한 '기획안'과 '샘플 원고'가 필요합니다.

• 기획안은 프로페셔널하지 않아도 됩니다. 작가의 생각을 알아보는 도구이니까요. 작가 소개(내가 누구인지)·기획 의도(왜 쓰기 시작했는지)·예상 독자(글을 쓸 때 어떤 독자를 떠올렸는지)·가목차(어떤 내용을 담을 것인지)가 담겨 있으면 돼요.

• 마케팅 포인트에 자신이 활동하는 온라인 카페 등을 언급하거나 현실 가능성이 없는 마케팅 방법을 쓰는 분이 꽤 있습니다. 자신이 운영하거나, 활발하게 유대하는 커뮤니티가 있지 않은 한 마케팅 포인트로 언급하는 건 그다지 의미가 없습니다. 그보다는 글을 쓸 때 떠올린 독자에 대해 더 써 주세요. 이런 사람이 읽었으면 좋

겠다, 라는 관점도 좋습니다.

· 과장하지 않고 씁니다. 적게는 몇만 부, 많게는 몇십만 부까지 팔릴 거라고, 서점 종합 베스트셀러가 될 거라고 강조하는 경우가 있는데요, 이는 출판사의 판단에 전혀 영향을 주지 못합니다. 시장성 판단은 오직 기획안과 원고에 근거해 이루어지며, 출판사의 고유 업무입니다.

· 작가 소개도 마찬가지입니다. 정체 미상의 단체 대표라고 포장하거나 전문가라고 근거 없이 주장만 하면 안 됩니다. 자신이 쌓아 온 삶의 궤적이 어떻게 이 원고와 연결되는지 그 스토리를 진실하게 이야기해 주세요. 진정성이 중요합니다.

· 샘플 원고는 전체 원고가 없어도 괜찮습니다만, 최소 세 편에서 다섯 편 정도 첨부해 주세요. 원고를 100퍼센트 집필했다면 모든 원고가 준비되어 있다고 알려 줍니다.

· 무작정 많은 곳에 뿌리듯 투고하지 마세요. 특히 불특정 다수 출판사를 수신인으로 삼아 돌린 단체 메일은 지양합니다. 그렇게 무작위로 메일을 발송하면 받는 사람도 그 메일을 진지하게 여기기 어렵습니다. 특정해서 우리 출판사에 보낸 투고라면 받는 사람도 다르게 대

하게 됩니다.

- 따라서 투고할 출판사를 선택할 땐 섬세하게 조사하는 것이 좋습니다. 내 원고가 책으로 출간되었다고 가정하고, 해당 출판사의 기존 출간 도서들을 살펴보며 그 책들과 함께 놓였을 때 결이 어울릴지 판단해 봅니다.

- 특정한 출판사에 투고할 때, 왜 수많은 출판사 중 이곳에 투고하는지 이유를 적어도 좋습니다. 그 출판사의 출간 방향에 공감한다거나, 어떤 책이 무척 좋았다거나 등등 특별한 이유가 있다면 메일에 간략히 덧붙여 주세요.

- 이때 내 기획·원고와 비슷한 책을 낸 적이 있는 출판사를 선택하는 건 장단점이 있는데요. 같은 메시지를 지속해서 발신하는 출판사라면 장점이 될 거고요. 그게 아니라면, 이미 같은 주제와 메시지를 담은 책을 출간했던 터라 더는 필요 없을 수도 있기에 단점이 되기도 합니다.

- 이 밖에도 출판사마다 투고 시 필요한 항목이나 서류가 다르므로 홈페이지 등을 확인해 주세요. 투고 원고 검토 기간은 최소 일주일에서 길게는 두 달까지도 소요됩니다. 역시 출판사마다 달라요.

- 종종 반려 이유나 피드백을 요청하는 분들이 있었

습니다. "출간 방향과 맞지 않아……"라고 쓸 수밖에 없는 것은 설명 드린 대로 출간하지 못하는 데에는 수많은 이유가 있고, 대외비인 사항도 있을 수 있기 때문이에요. 피드백 요청의 경우, 피드백을 업으로 하는 편집자에게 과도한 부탁이라는 걸 알아주세요. 그럼에도 정성껏 피드백을 하는 편집자들도 있는데요. 자신의 시간과 노력을 기꺼이 담아 순수한 선의로 드리는 거랍니다. 그러나 흔치 않은 일이니 현실적으로 답장 받을 확률이 적을 거예요.

앞서 소개한 전 세계에서 가장 유명한 편집자 맥스웰 퍼킨스와 천재 작가 토머스 울프의 이야기를 다룬 영화 『지니어스』에는 편집자 퍼킨스가 투고 원고를 읽는 장면이 영화 초반을 지배합니다. 퇴근길 기차 안에서 그는 원고를 읽기 시작합니다. 그 시절의 천재 편집자도 시간이 부족했나 봐요. 아무튼 별 기대 없는 표정으로 원고를 읽기 시작한 퍼킨스의 표정과 눈빛이 서서히 달라집니다. 네, 저도 잘 아는 눈빛이에요. 이거다 싶은 원고를 만났을 때, 이 사람이다 싶은 사람을 발견했을 때 아주 잠시 반짝하고 나타나는 눈빛요.

투고가 책으로 이어지는 게 어렵다지만 투고를 통

해 책은 계속 출간되고, 편집자들이 아무리 시간에 쫓겨도 투고 메일함은 항상 확인합니다. 매번 '혹시나' 하는 마음으로요. 퍼킨스가 눈빛을 반짝이던 것과 같은 순간을 기대하면서요. 확실한 것은 편집자와 출판사는 늘 새로운 이야기와 새로운 작가를 찾아 헤맨다는 점입니다. 그러니 의지가 있다면, 계속 써 주세요. 계속 쓰되 혼자만 읽지 말고 블로그나 브런치 등 사람들이 드나들고 편집자가 찾을 수 있는 곳에 글을 쌓아 주세요. 적절한 방법으로 투고해 주세요.

마지막으로 하현 작가님의 글로 응원의 마음을 대신 전합니다.

스타도 셀럽도 아니고, 명함이 될 만한 특별한 경험이나 서사를 가지고 있지도 않은 나는 누구나 한 번쯤 겪었을 법한 지극히 평범하고 사소한 일상을 소재로 에세이를 쓴다. 세상에는 그런 심심한 이야기를 기다리는 독자들도 있을 것이라고 믿으며. 내가 가진 이야기를 조금 더 흥미롭게 전할 수 있는 방법을 찾다 보면 언젠가는 나라는 장르를 만날 수 있지 않을까. (……) 지극히 사적인 나의 이야기가 우리의 이야기로 확장되는 마법 같은 순간을 기대하며 마지막 문장에 마침표

를 찍고 나면 우리는 반드시 만날 것이다.●

● 하현, 「그럼에도 계속 에세이를 쓰는 마음」, 『기획회의』 539호.

정시우
작가이자 프리랜서 저널리스트.『지큐G』『엘르』
『롱블랙』등에 칼럼과 인터뷰를 기고하며,
인터뷰집『배우의 방』을 썼다.

"당신도 첫 책 작가가 되었군요"

인터뷰어 정시우 × 인터뷰이 김보희

[인터뷰어 정시우] 첫 책을 쓴 작가가 된 기분이 어떤 가요?

[인터뷰이 김보희] 얼떨떨해요. 책을 쓰고 싶다는 생각을 한 번도 해 본 적이 없거든요.

책 가까이 있으면서 그런 마음이 없었다니!

하하. 예전에는 편집자는 책과 작가 뒤에 있는 그림자 같은 존재라고 배웠어요. 그게 출판 편집자의 본질이라고 생각했죠. 그러다가 브랜드(휴머니스트 '자기만의 방')를 알리기 위해 저를 드러내야 할 일들이 생겼는데, 그걸 본 후배 편집자들이 인스타그램으로 DM을 많이 보내 왔어요. 선배에게 묻고 싶었던 것들이나, 책 만들며 궁금한 것들을 물어보더라고요. 그런데 어느 순간 질문이 아니라 상담 가까운 걸 받고 있더라고요. "언제까지 이 일을 할 수 있을까요?" "이 회사 그만둬도 될까요?" 하는. (웃음) 그렇게 DM으로 상담 아닌 상담을 하다가 유유출판사로부터 책 제안을 받게 된 거죠.

유유출판사엔 편집자들이 작가가 된 시리즈가 있는 것으로 압니다만.

네. 그런데 제가 처음 제안받은 책은 '말들' 시리즈였어요. 책 만드는 동료들과 나눌 수 있는 이야기를 주제에 상관없이 할 수 있겠다 싶어서 써 보겠다 했는데…… 못 쓰겠지 뭐예요. 실무를 하면서 속마음을 다 꺼내기도 어렵고…… 그렇게 낑낑거리며 3년을 버텼나?

잠깐, 잠깐, 3년이요? 이 인터뷰가 나가면, 당신 작가들에게 마감 독촉을 못 하게 되는 건 아닌가요? (웃음)

(머뭇) 얼굴 빨개질 것 같은데요? 하지만 솔직히 밝혀요. 작가의 마음을 알겠다고. (함께 웃음) 그렇게 3년을 버티다가 어느 날 문득 정신이 번쩍 들었어요. '이 책을 못 쓰고 있는 내가 너무 불행하다!' 출판사 대표님에

게 솔직하게 이야길 드렸죠. 마음을 담아낸 글은 현재로서는 못 쓸 것 같다고요. 그 후에 책의 방향을 다시 잡으면서 곰곰이 생각해 봤어요. 과연 나는 어떤 편집자인가.

　본의 아니게 자신을 돌아보는 계기가 됐군요.

　그런 셈이죠. 편집자도 굉장히 다양해요. 소설·시·역사·실용 등등 분야별 전문 편집자도 있고, 외서를 전문으로 기획하는 분도 있고요. 자기만의 색깔로 브랜드를 운영하는 분들도 있죠. '각자의 역할이 있는데 나는 어떤 편집자일까?' 하고 정체성을 찾다가 깨달았어요. '아, 나는 첫 책을 많이 만들어 왔구나.' 자방에서 기획한 책의 60퍼센트 정도가 첫 책 작가들이었어요. 국내 기획에서 이 정도면 높은 비율이거든요. 그 이야길 유유에 했더니 관심을 보이셨고, 그렇게 방향을 전환하게 됐죠.

　조금 과격한 질문인데, 출판 경험이 없는 초짜 작가와 두어 편 내서 어느 정도 출판 시스템을 아는 작가, 이름만으로 이슈가 되는 유명 작가 중에 어느 쪽과의 작업이 당신에겐 조금 더 수월한가요.

　음…… 그건 사람의 문제가 아니라 기획과 아이템·

콘텐츠의 문제 같은데요? 아무리 알려진 작가라고 해도 여러 면에서 가치가 낮은 아이템이라면 곤란하죠. 물론, 이름만으로 책을 팔 수 있는 작가가 있기도 하지만 그 역시 여러 요소에 따라 달라지는 것 같습니다.

그럼 질문을 바꿔서, 어떤 그룹과 일할 때 아이디어가 더 잘 뻗어 갑니까.

어떤 기획이든, A로 시작한다고 해서 A로 책이 나오는 경우는 거의 없어요. 만들어 가며 변하거나 발전하는데, 그 과정을 함께하는 사람이 중요하죠. 피드백을 계속해 나가야 하니까요. 가장 재미있는 경우는 피드백했을 때, 그걸 받은 작가가 탁구공 넘기듯이 조금 다른 걸 던져 올 때입니다. 『좋아하는 마음이 우릴 구할 거야』를 쓴 정지혜 대표가 대표적이에요. 제가 "이거 어때요?" 하면서 A를 보내면 A-4를 보내왔어요. "오? 그럼 A-4-2는 어때요?" 하면 A-4-2-3을 보내왔고요. 이런 식으로 핑퐁핑퐁 하는 게 되게 재밌었어요. 그러면 과정이 더 즐거워지죠.

그런 경우가 흔치는 않죠?

흔치 않죠. 피드백을 보냈을 때 절대 바꿀 수 없다고

하는 작가도 있거든요.

유독 힘든 작가가 있다면요?

편집자를 출판 전문가인 파트너가 아니라, '을'로 대하는 사람요. 사람과 사람이 하는 일인 터라 말하지 않아도 느껴집니다. 이 사람이 나를 전문가로서 존중하고 있는지, 아닌지. 마찬가지로 편집자도 작가가 그 일에 대해서는 전문가라는 걸 존중해야 하고요. 책 만드는 일에서 가장 힘든 것 중 하나가 관계일 거예요.

어느 분야든, 사람이 꽃인 동시에 아픔이군요.

그렇죠. 그래서 편집자가 되고 싶어 하는 사람들에게 꼭 이야기해요. 책 만드는 건 편집자의 일 중 일부분이다, 우리의 주요 업무는 '연결'하는 일이다, 라고요.

그러고 보니, 편집자는 작가 외에도 디자이너·마케터·대표·서점 에디터 등 수많은 관계와 얽혀 있네요. 이 중 편집자의 천적이 누구라고 생각합니까.

천적이라고 할 수 있을지 모르겠지만, 나 자신이 아닐까 싶어요. 편집자는 결정해야 하는 것이 많아요. 결정한 것을 설득해야 하는 일도 많고요. 작가·협업자·결정권자 그리고 독자까지도 설득해야 하죠. 그들을 설득하려면 일단 나 자신부터 설득되어야 해요. 끊임없이 나 자신에게 묻습니다. 의심하고, 확인해요. 혹시나 나의 선택 때문에 이 원고가 가진 역량을 발휘하지 못하면 안 되니까요.

매 순간이 선택이라 어려울 것 같아요. 기회비용이 매 순간 발생한다는 의미이기도 하니까요.

그렇죠. 작게는 원고의 단어 하나를 바꾸는 것부터, 크게는 이 책을 출간하느냐 마느냐까지 결정할 게 너무 많아요. 편집자들도 각자의 관점과 방향이 있어서, 원고가 어떤 편집자를 만나느냐에 따라 책은 달라집니다. 배우도 어떤 감독을 만나냐에 따라서 연기가 달라지잖아요? 책도 같아요. 편집자가 백 명이면 책 만드는 법도 백 개라는 말이 그래서 있는 거고요. 정답이 없으니까요.

작가 입장에선 편집자가 한 명이지만, 편집자는 한 작가와만 일하는 게 아니잖아요? 여러 작가를 관리하다 보면 아무래도 홍보 시기나 여러 가지가 겹치기도 할 텐데, 그 에너지 배분은 어떻게 하나요.

어렵습니다! 그거, 너무 어려워요. 어떤 작가님이

그런 말씀을 하시기도 했어요. "나만의 보희님이 아니에요."

그 마음이 뭔지 알 것 같아요. 나는 저 사람(편집자)을 여전히 사랑하고 있는데, 저 사람은 다른 데 가고 있는 기분이랄까. 그러니까 그게 꼭…… '환승 이별' 겪는 기분이란 말이죠.

환승 이별. 너무 재미있는 표현인데요? 그래서 저는 책 만들 때 뭐 하고 있는지 SNS에 잘 안 올려요. 작가님들이 보시고 '어? 오늘 보희님 다른 작가 원고 봤구나! 나도 원고 보냈는데' 하실 수 있으니까요. 나라도 그럼 서운할 것 같거든요.

그게 서운하다기보다는, 좀 묘한 게 있더라고요.

묘한 감정이죠. 그만큼 편집자랑 작가가 희한한 관계예요. 작가 입장에선 책에 대해 의논하고 마음을 나눌 사람이 편집자밖에 없으니까, 여러 생각이 드는 게 당연하고요. 그래서 그 마음을 모르지 않는데, 뭐라고 해야 할까. 차례를 기다려 주시면 좋습니다!

차례를 기다린다?

편집자는 보통 여러 단계에 있는 책을 진행하고 있어요. 예를 들어 '기획 단계의 책' '집중해 편집 중인 책' '마케팅 중인 책' 등이 맞물려서 돌아가요. 가령 하루에 내 에너지 중 100을 쏟는다면, 기획 단계일 땐 해당 작가님에게 10 정도 쓰다가, 이게 점점점 비중이 높아지는 거죠. 그러다가 출간을 전후해 정점을 찍고 또 점점점 줄죠. 이런 상황을 이해해 주시면 감사하죠.

편집자 입장에서도 만나고 이별하는 과정이 쉽지 않을 것 같습니다만.

보내는 건 어렵죠. 예전에는 책이 나오면 호들갑을 많이 떨었어요. 너무 신나서 매일매일 작가님에게 '오늘은 몇 부가 나갔고요' '오늘은 뭐 했고요' 이랬는데, 그게 그렇게 좋지 않다는 걸 알게 됐죠. 그러면서 '헤어질 준비'를 한다기보다, 책을 세상으로 독자에게로 '떠나 보내는 과정'으로 생각하게 됐어요. 이제 책이 출판됐고, 우린 최선을 다해 알리고 있지만, 책은 점점 우리 손에서 멀어져 독자에게로 건너간다, 하고요. 우리가(작가와 편집자가) 멀어지는 게 아니라 책이 우리 손에서 멀어진다. 그걸로 관계를 바꿔야 더 건강하더라고요.

국내외를 막론하고, 작가와 편집자로 함께 일하고 싶은 사람이 있다면요?

(고민하며 혼잣말) 음...... 이상한데? 왜 없지? 어떤 걸 책으로 만들고 싶냐고 물으면 이것저것 신나서 떠들 텐데, '누구'라고 하니까 딱 안 떠오르네요. 오, 없는 게 스스로도 의외여서 재미있는데요?

그게 김보희라는 편집자를 말해 주는 게 아닐까 싶기도 하군요.

그런 건 있어요. 예전에는 유명인이나 베스트셀러 작가와 책을 내서 많이 팔고 싶은 열망이 있었어요. 여러 계기가 있었는데, 어쨌든 지금은 나라는 편집자여서 만들 수 있는 책을 만들고 싶어요. 제가 잘나서가 아니라, 백 명의 편집자 중 한 명으로서 제 역할을 하고 싶어요.

올해로 편집자 인생 20년이 되는데 중간 점검을 해 보면 어때요.

편집자 일이 재밌는 건, 책 만드는 프로세스는 같아도 매번 다른 프로젝트를 진행하기 때문에 늘 새롭다는 거예요. 새로운 환경에서 새로운 재미를 느끼고, 새로운 문제가 늘 발생하죠. 그건 연차가 쌓인다고 해서 정답을 알게 되는 게 아니라는 의미이기도 해요. 경험과 사례가 쌓이면서 덜 당황하고 자신감이 조금 붙을 뿐이죠. 그걸 겸허히 받아들이니까 훨씬 자유로워졌어요. 그래서 중간 점검에 대한 제 대답은 이겁니다. "여전히 잘 모르겠지만, 일단 걸어가 보자. 느리더라도 확실한 걸음으로."